编委会

主　编

刘金柱　张志勇

编　委

（以姓氏笔画为序）

于广杰　马燕鑫　王彩梅　田小军　刘少坤

孙　光　吴淑玲　张志勇　陈玉强　金景芝

周小艳　徐文武　韩田鹿

清代直隶总督◎文献集

培荫轩诗集·培荫轩文集

培荫轩杂记

胡季堂 著

河北出版传媒集团
河北教育出版社

图书在版编目（CIP）数据

培荫轩诗集；培荫轩文集；培荫轩杂记 /（清）胡季堂著. -- 石家庄：河北教育出版社，2020.12
（清代直隶总督文献集）
ISBN 978-7-5545-5372-5

Ⅰ.①培… Ⅱ.①胡… Ⅲ.①古典散文－散文集－中国－清代②奏议－汇编－中国－清代③古典诗歌－诗集－中国－清代 Ⅳ.①I214.92

中国版本图书馆 CIP 数据核字 (2020) 第 213702 号

书　　名　清代直隶总督文献集
　　　　　培荫轩诗集·培荫轩文集·培荫轩杂记
作　　者　（清）胡季堂
主　　编　刘金柱　张志勇
点校整理　张志勇　马文静

出 版 人　董素山
策　　划　徐　凡　刘相美
责任编辑　任晓霞　姬璐璐
装帧设计　李关栋
出版发行　河北出版传媒集团
　　　　　河北教育出版社 http://www.hbep.com
　　　　　（石家庄市联盟路 705 号，050061）
印　　制　河北锐文印刷有限公司
开　　本　787 mm × 1092 mm　1/16
印　　张　18
字　　数　202 千字
版　　次　2020 年 12 月第 1 版
印　　次　2020 年 12 月第 1 次印刷
书　　号　ISBN 978-7-5545-5372-5
定　　价　54.00 元

凡　例

一、清代直隶为京畿重镇，总督之选，均当时名臣。虽其或以政事优长著名，或以德行卓异见称，辞章文笔非其要务，然其文字多关乎时事，诗笔亦可见交游，固有益于论世知人，亦有资于考证研究。惜其多数，世所罕觏，或近湮灭，存亡堪虞。今加点校整理，一则保存文献，庶免散佚，一则以广流传，便于取用。

二、有清一代，任直隶总督之职者共四十人。有文集存世者若干家，本丛书所收录即在此范围之中。若今人已有点校本行世，而流传甚广者，如曾国藩文集，则不再收录。

三、本丛书作品编排均依原集次序，以存旧貌。新辑集外佚文之编排，以诗、文、词为序。诗之次序为古诗、律诗、绝句。文之次序为：赋、制、敕、册文、表、疏、状、奏议、启、判、对策、教、颂、赠序、书、记、论说、杂文、赞、铭、诔、碑、哀册、吊、祭文、题识（序跋）等。（《古文辞类纂》：论辨类，序跋类，奏议类，书说类，赠序类，诏令类，传状类，碑志类，杂记类，箴铭类，颂赞类，辞赋类，哀祭类。）

四、丛书中各文集版本情况不一，凡存世不止一本者，皆尽力搜罗，以求其全。底本选用，以足本、善本为先。若为孤本、残本者，则不在此例。

五、本丛书校勘，凡有二种版本以上者，以对校为主，参以他法。仅有一种版本者，无他本可参，势难对校，则用下列方法校之：若诗文有见于他书称引、有见于碑版法帖者，以他校法校之；

若集中有他篇可参证者，以本校法校之；若既不见于他处，亦无佐证于集内，而文字疑有讹误者，则以理校法校之。

六、本丛书出校原则，讹文、脱文、衍文、倒文出校。异文两通者，保留原貌，出校记列出异文。底本疑误而无版本依据，无法断定者，保持原貌，出校记说明。校记以脚注形式列于每页之下。至于习见之通假字、流俗之异体字，皆无关宏旨，不复出校。原稿漫漶不清、实难辨明之处，以等字数之虚缺号“□”替代之，以俟识者。

七、书中之避讳字，保持其书原貌，不作回改。若其征引前代典籍而避当代之讳而改字者，则皆回改。

八、本丛书采用新式标点，并参照文意加以分段，以便阅读。

目 录

培荫轩诗集

目　录

卷一　古今体诗一百六十三首

卷二　古今体诗一百六十一首

卷三　古今体诗一百七十二首

卷四　古今体诗一百六十八首

◎卷一　古今体诗一百六十三首

春山偶行

其　一[1]

春来百卉争红紫，随处高峰鸟乱啼。为爱山容闲步屐，小桥东过小桥西。

其　二

闲来随意步林丘，云满深山响碧流。最是多情魂断处，夕阳欲尽暮烟浮。

九月登冠石山

其　一

三秋序至壮怀宽，缓步登临意自欢。狮子独踔当面啸，山前有狮子峰。螺峰九崛入云寒。山左有九峰尖。平岗围绕形如带，怪石高盘势若冠。满目烟光凝暮紫，出山犹作在山看。

其　二

几步云梯几步斜，寻真特地到山家。径穿凤尾遥遥曲，身傍龙鳞密密遮。石鼓有声何用乐，山中有大石，击之如鼓。清泉无滓可烹茶。山顶有泉，供一庙之饮。与僧共话无生论，比作蓬莱差未差。

1　“其一”等字样为编者新加，以下同例。

游濮公仙洞

洞中仙客今何在，洞外惟存第一峰。山下有碑镌“东南第一峰”五字。数叠白云来旦暮，一湾绿水自西东。弦山风景千年远，息国烟霞万古融。纵目登临频眺望，江黄海岳落胸中。

壬申除夕和周息园原韵

长安此日好韶光，留得高贤客满床。是岁，署内亲友甚多，故云。爆竹声声除旧腊，寒梅点点吐新香。炉熏柏子添佳兴，盘献椒花解闷肠。诗有赓歌尊有酒，他乡安处即家乡。

元旦早朝诗四首

其　一

紫陌看初曙，君王已视朝。觞开浮柏叶，乐作听箫韶。拜舞群僚肃，班仪彩仗饶。香烟凝瑞字，常伴庆云飘。

其　二

金阙龙光耀，尧阶集凤鸾。银河初泻影，玉漏未催残。试论登仙幻，何如夺席欢。天颜真咫尺，临照此心丹。

其　三

正值朝元日，千官列庙堂。衣冠新万国，仪仗耀三光。凤阁连云汉，龙楼接建章。协和原有象，何必更悬羊。

其　四

济济英才列，随班趋六曹。残星流殿阁，晓露湿旌旄。玉宇卿云丽，金炉瑞气高。椒花争献颂，敕赐醉春醪。

题岁寒三友图

梅花修竹与孤松，劲节清标一样同。我愿从君结四友，任教桃李闹春风。

宫　槐

亭亭老干列宫墙，葱蒨盈园庆泽长。最是绿阴垂地密，偏饶翠影绕庭芳。屯云已识三台贵，蔽日还生九夏凉。看尔扶疏依帝座，满枝花露凤池香。

夏日访唐瑞昭于德胜门外因纳凉柳阴下

西山爽气挹京华，郊北寻君路不赊。疏柳数株风细细，披襟直入五云车。

题汪绣林杖策入燕图

西风匹马上长安，祖道人人引领看。杰句满篇词吐玉，枫林一路叶生丹。欣从冀北钦风雅，好向淮南识凤鸾。行见九重知姓字，金章飞出五云端。

题画松

独立乾坤贯岁寒，清标千尺舞青鸾。百川毓秀参天出，五岳钟灵绕地蟠。夭矫龙姿惊宇宙，精奇鹤骨耀琅玕。一从妙笔传贞操，赢得人人仰面看。

赠潘南田南田名是稷，江南常熟人。善干皴法，为钦定十二名家之一。嗜酒，醉后泼墨淋漓，颇自矜惜。

久从洛下钦风雅，近向长安识异材。座上倒倾三百盏，笔端飞动一声雷。云中矫鹤清奇骨，宇内雕龙锦绣才。任尔世情多变态，总将真率对人开。

题画梅

几枝墨妙见精神，一幅幽香欲袭人。玉蕊含烟轻破腊，冰姿带雪暗传春。清奇合共松筠伴，淡远偏宜水月邻。独向岁寒开素面，满怀高致不沾尘。

题梅竹

疏篁为伴玉为神，带雪含烟气味真。不共繁华夸艳丽，岁寒清况自氤氲。

寄唐瑞昭时效力金陵

十年交契百年心，真味相投气谊深。念我书凭鸿作寄，思君梦藉蝶相寻。江南漫咏三山句，冀北空弹一曲琴。两地同舟各努力，好将经济继华簪。

赠范埜畇埜畇名榕，江南丹阳人。善丹青，尤精铁笔。

江左风流士，相逢识异材。翔鸾天外至，舞鹤月中回。诗思清如雪，文心淡若梅。高谈倾盖日，连璧重金台。

答范埜畇留别原韵

瑶台鹤去苦追寻，肠断难赓别后吟。有梦不成真好梦，无心相处始交心。芝兰气谊千秋迥，风月情怀两地深。流水此衷同不尽，高山终古属知音。

答黄逸云所赠原韵

江左声名重，燕山景望隆。高风追谢傅，逸兴迈陶公。捉月腾银汉，凌云跨彩虹。文成破浪手，才具济川功。讨论三余足，研求万理融。人如金浑朴，心似玉玲珑。养性华阳洞，修翎桂子宫。未能欣把臂，先已仰光风。

春　雨

阴云连四野，长日雨潸潸。陇麦滋银浪，林花洗玉颜。燕翻梁上下，鸥傍水飞还。农事今年好，高歌意自闲。

答范堃畇见赠原韵

其　一

云边来锦句，饭我水晶葱。雅唱名人笔，雄才国士风。登高空大地，把酒渺微躬。一幅离群意，书凭楮国公。

其　二

佳节重阳近，东篱气郁葱。芙蓉擎玉露，芦荻漾金风。大道直如发，斯文备在躬。相逢重话旧，尊酒对陶公。

秋晚怀范大堃畇

天高云静月玲珑，塞雁南来点碧空。枫叶染丹金掌露，芙蓉吹老鲤鱼风。经年对面言难尽，才不相逢耳便聋。秋色那堪回首望，马蹄无处觅花骢。

题画松

铁干摩挲撑碧汉，莫将尺幅渺风标。凌云贯作虬龙舞，不共寻常草木凋。

冬日怀冯介亭和范埜畇韵

其　一

寒威正冽霜风急，吹破杨枝万缕青。马首莫教回首望，恐牵离绪夜长醒。

其　二

蓬莱仙子过昆仑，脚踏行云一片青。传语冲寒真妙诀，但宜微醉不宜醒。

其　三

匹马西行关外路，眼前松柏色青青。山村茅店鸡鸣后，不识离人醒未醒。

其　四

晓夜披星行塞外，寒窗惟有一镫青。情肠两地千回结，不是君醒我未醒。

其　五

销魂独对寒山月，百盏谁分眼上青。蝴蝶寻君邀我共，酒醒还有梦难醒。

其　六

极目寒风生别恨，霜花刺眼竹偏青。寸心不为关山隔，尊酒何时共醉醒。

冬日送陈肃庵比部省亲归里肃庵，广东雷州人。祖讳瑸。任福建巡抚，赠礼部尚书，谥清端。

其　一

宗伯家声传奕叶，兰孙今又重秋曹。清如朗月悬银汉，和似春风拂玉桃。三尺剑光冲斗极，一鞭寒色落亭皋。束装惟有斑衣在，谁不钦心仰素操。

其　二

省亲今日出燕京，辞别新盟与旧盟。岂是浮云看富贵，只缘孺慕薄功名。黔娄心事千秋壮，江革情怀万里轻。风雪几番归故里，玉梅花下祝长生。

其　三

旅馆频惊乡国梦，陈情万里侍慈闱。分襟无计留还住，执手何能劝莫归。月照东洋清夜冷，陈君世居雷州府之东洋。风横庾岭白云飞。看君今日乌私切，不禁潸潸泪满衣。余少失怙恃。

其　四

金石交情分两地，伤心魂梦也欷歔。黄昏独对寒山月，清夜谁同待漏车。余与陈君同应廷试，复同日除官，每入朝辄相约同行。执手送君期色养，牵裾属我味园蔬。濒行，以俭属。明春雁返渔阳塞，尽是相思两字书。

怀甘遐龄 并叙

分离四载，寒暑八更，言念清辉。恨一方之天，各缅怀令德。怅两地之人，分望紫水以萦洄。愁思万斛，指弦山而结想，渴缕千条，惜无缩地之方，空有望梁之叹，勉成八韵，用达寸心。

其　一

交情重金石，雅意薄陈雷。北斗依天转，南云逐地来。魂销千里月，肠断一枝梅。何处伊人在，临风漫举杯。

其　二

把臂知何日，遥情绕寸衷。暮云飞冀北，春树恋江东。冷落三秋雨，凄凉五夜风。关山虽远阻，不隔梦魂通。

喜雪二首

其　一

霏霏乱拂竹枝斜，放眼欣看六出花。十二琼楼仙子宅，三千银界梵王家。月魂淡处寒光遍，鹤梦醒时归路遮。便欲寻芳登泰岱，好从蓬岛借云车。

其　二

黄云轻傍碧云流，无数瑶花散不收。西北千山新玉嶂，东南半壁旧银州。及时默化蝗无孽，润物潜滋麦有秋。郊外小民乐岁稔，瓦盆煨酒赌猜筹。

除夕送兵次熊大京兆韵

其　一

圣意安边切，王师纪律清。士民欣有象，鸡犬静无声。万骑奔云出，千军拥月行。披坚探虎穴，高筑受降城。

其　二

卫兵勤策马，返旆事澄清。惜老求民膜，朝元警柝声。是夕，京兆归宿普济堂兼查养济事。桃符新岁换，鼍鼓靖边行。明旦卿云丽，韶华满帝城。

题　画

好似西昆不热丘，高松叠嶂晓烟浮。山翁未识闲车马，傍晚驱归草径牛。

赋得梨花白雪香二首

其　一

百卉争红紫，清芬见此花。一枝春带雨，千树雪凝葩。皎洁冰魂馥，纷披素影斜。似梅香自冽，比玉润无瑕。素蕊含轻露，琼姿妒晚霞。兰房偏恋蝶，粉署不藏鸦。淡淡迎风韵，溶溶映月华。上林独擅美，桃李漫相哗。

其　二

看雪三春夜，梨香满院花。琼瑶结素蕊，兰麝裹冰葩。洛下千枝洁，郭西几树斜。摇风清亦馥，带雨净无瑕。既有香同桂，何争艳似霞。月明迷梦鹤，风细冷栖鸦。潇洒离尘俗，轻盈冠物华。玉容非寂寞，真态绝喧哗。

闱中对月偶成

其　一

年来几度入文闱，又见冰轮满院辉。倒海明珠千万斛，波光摇动锦鳞肥。

其　二

当空月白瓦铺霜，棘院春风夜转凉。见说长安花似锦，几人得意马蹄忙。

其　三

相上未能司玉尺，勤劳亦许效樗材。月明凤阁三千界，人在蓬莱顶上来。

闱中答戴桐峰索酒原韵兼呈陶孚中

棘院群罗上苑宾，自知惯作毕公邻。瓮头虽乏中山味，也是糟糟解醉人。

代冯介亭下第后答其兄新孝廉元韵

其　一

送君西去正当秋，红叶山头树树稠。秋月春花看不尽，是谁欢乐是谁忧。

其　二

无计追尘可奈何，梦中亦觉抱惭多。饶他古砚坚如铁，鸡案重教十倍磨。

其　三

朝来懒把彩毫挥，未识相思是与非。盼到拥炉寒夜后，笑迎都下孝廉归。

送吴宫允云岩视学粤东兼以志别

其　一

春光冉冉惠风和，圣世遭逢异数多。岭表英才归化育，海南文物入搜罗。持杯漫唱阳关曲，立马欣赓白雪歌。宫允行时，赠诗者甚多。柳色两行青在目，明朝何地觅鸣珂。

其　二

对策曾经御宝封，同朝喜共语从容。暖风送别三三径，细雨飞来六六峰。仙使有心披雾豹，故交无计化云龙。岭南此去敷文德，指日泥书贲九重。

寿万友霞七十

其　一

迟迟春日浣花天，万里和风拂绮筵。红杏暖烘烝术火，绿杨晴放煮茶烟。筹添海屋辉三极，颂献华封纪八千。自是长庚星不老，逍遥辛孟落蹁跹。

其　二

精神磊落清于雪，南极星辉碧汉高。席上酒醺彭泽菊，盘中菜献武陵桃。斑衣济济峥麟角，玉树森森集凤毛。庭外彩云罗寿域，九天长锡驻颜膏。

赠本县德大尹大尹，名德贵，满洲人。

欣从都下挹丰神，冰鉴高悬迥轶尘。柳拂铜章来梓里，霞蒸墨绶出枫宸。弦山化普花为满，紫水风清雉亦驯。此去淮南淮北道，口碑无地不阳春。

答范大埜畇见赠原韵

其　一

得负衣冠八尺身，也随鹓鹭立名津。入朝经济惭先达，到眼诗书爱古人。若尔不求即不忮，但能忧道岂忧贫。芝兰两地空惆怅，一片离情倩紫鳞。

其　二

未识前身与后身，漫劳车马涉迷津。一帘明月怀佳士，十亩梅花梦故人。职守自知鸣珮重，朝回谁信典衣贫。烟横杨柳清河在，直沽风翻五色鳞，埜畇时在天津。

赋得绿满窗前草不除

芳草当时发，菁菁映碧幢。化机融大地，生意满晴窗。绿衬长松隥，青连弱柳江。三春滋晓露，五夜对银釭。漫道质原薄，休言力易降。和风拂钓艇，带雨润吟艭。体物观新色，摊书引旧腔。托根依上苑，葱蒨动人腔。

三月二十六日之刑部任诸牙行焚香跪送咸至泣下蚩蚩愚情殊堪悯念因口占三绝以示留别之意

其　一

六载居官凛四知，肯谁侵扰肯谁欺。只知勤慎弥才拙，不计他年去后思。

其　二

谬承恩命转秋曹，判事羞言宿有劳。谁料旧时诸赤子，马前遮道进春醪。

其　三

攀辕献酒瓦为觞，泣下沾衣我亦伤。无物可留惟一语，早完国课莫欺商。

过张氏山居和壁间韵二首留赠主人

其　一

为访幽栖客，何辞远度关。到门祛俗韵，入座接仙班。玉树阶前秀，灵椿世外闲。清言方不厌，明月满千山。

其　二

地僻尘嚣远，何须昼掩关。有门临绿水，无梦到朝班。翠竹干霄茁，苍藤挂月间。四时清兴足，把酒卧看山。

过息县赠金大尹大尹，名潢，号贤村，顺天举人。

地近河阳识治淳，登龙何幸挹清尘。琳琅满壁诗中画，珠玉盈囊笔下神。自有廉能消积牍，还将风雅觉斯民。即今淮北淮南道，尽是弦歌化里人。

和葛怀初龙门道中韵

闻说龙门道，无边慧像生。香山云树净，伊水月波清。丽句刊磨出，宸章欬唾成。山上有御制诗碑。何时欣莅止，驻马看峥嵘。

酬梁素存见赠韵

其　一

昔年风雅振箕裘，公先大父，以风雅称，有集传世。又见兰孙上国游。倜傥才华人是凤，玲珑心腑月当秋。千金宝剑撑瑶阙，万轴牙签拥画楼。继世家声高泰岱，莫将怀抱负旁求。

其　二

瑶章一似黑貂裘，千里相遗感旧游。雪柏襟怀贞似玉，幽兰气味淡于秋。魂销雁足三更月，目断云根百尺楼。花落花开春梦杳，莺鸣何日复相求。

哭黄五御爇

其　一

忽闻下世叹沈沦，不禁潸潸泪滴身。作赋有神归绛阙，招魂无计挽灵均。捐躯节重青年妇，御爇没后，其妻即殉节自经。泣血心怜白发亲。恨我天涯空怅惘，素车相送属何人。

其　二

曾因过我连晨夕，谁道分襟永别离。余请假在籍，御爇过我，数日别后遂成永诀。早有文章留典籍，竟无寿筭到期颐。长埋玉树人争惜，忽断金兰我独悲。十四年来成往事，自庚午迄癸未，订交十四载。不堪回首忆当时。

丁亥夏六月于役岷阶道中杂咏

其　一

清流曲曲绕柴门，路入岷州山下村。耕雨锄云几岁月，数声啼鸟伴朝昏。

其　二

晨发岷州晓月残，凉风飒飒怯衣单。披裘上马冲风去，端的山深六月寒。

其　三

火伞撑空照陇头，春禾才见穗初抽。农民说道由来久，七月中旬是麦秋。甘肃农事，岁只一熟。

其　四

冬衣毛褐夏衣麻，岷州至宕昌，土人多种麻，绩布为衣。终岁辛勤苦作家。偏是无知小村女，山花犹插鬓边斜。

其　五

万山重叠矗苍穹，一水名江走白龙。傍水依山行不得，断崖接木驾飞虹。自岷州南顺江而下，名白龙江，有险阻则凿石接木如栈道，土人呼之为桥。

其　六

不是山边即水边，数家人户突炊烟。饶他板屋高如许，尚起层楼望远天。由岷至阶，居民皆起楼，以竹篱为墙壁，上苫木片。

其　七

苫楼木片轻于瓦，削竹编篱便是墙。只恐地高风势恶，压将石块一行行。苫楼木片以石压之，防风吹去。

其　八

群山环裹路全遮，山外高峰一望赊。遥向茂林深处问，居民指点说番家。

其　九

旧是羌戎化外疆，而今番族亦驯良。番人聚居村落，名为族。看他妇子熙熙乐，也事耕耘纳地粮。归顺以来，与民人错处，相安耕凿。

其　十

三三两两遇番蛮，跨马何愁行路难。装束不分妇共女，只从垂辫别双单，番俗，妇女皆垂发辫，妇人双，女子则单。

其十一

一径纡盘高复低，阴平古道未曾迷。经行不问前途险，且看飞泉落小溪。

其十二

破蜀功劳薄汉霄，缘山劈路凿山腰。只今绝壁悬崖地，留得人呼邓邓桥。乾江头南有邓邓桥，相传为邓艾父子所建。

其十三

夹江石壁高千仞，路断狂流势正骄。不是凿山开栈道，那能飞度出重霄。

其十四

崇山夹岸护江来，一水中流去不回。用唐人句。高浪激滩奔似电，怒涛搏石响如雷。

其十五

山多顽石地多沙，好土无多可种麻。独有山椒红烂漫，家家栽得满园花。自宕昌以南至西固一带，与四川相近，山多杂石，不能种麻，土人多种花椒为业。

其十六

武都山势太嶙峋，石碛沙滩隐似鳞。惟有近城风景好，盈眸绿翠稻秧匀。甘肃自兰州往南，历巩昌至岷州，其间山多水少，农民所种只麦豆青稞之类，至阶州附郭始见稻秧，眼界一新。

哭吴赓飏

其　一

回首离家二十春，余自庚午入都，迄今已二十年。故交逐渐见沈沦。而今君复归西去，又叹尊前少一人。

其　二

逝者如波不可留，伤心难禁泪频流。芙蓉城外三更月，可是新修白玉楼。

其　三

曾记当年景范堂，君来促膝话偏长。余守庆阳，乃范文正公旧治，有堂颜曰景范，君至居其中，留连数日而别。谁知别后无多日，底事追回只自伤。

其　四

浮生冉冉总如云，往事从今不可论。回首故园悲思切，那能刍酒慰君魂。

其　五

风流云散感伤多，道远难听薤露歌。他日归来亲酹酒，墓门松柏看如何。

题岑云泉秀野图云泉，浙江山阴人，名鼎。

其　一

数竿修竹隔林看，一树桃花簇锦团。到此应知身世阔，坐来惟喜水云宽。

其　二

半亩清池绕岸花，当前生意乐无涯。科头不是偏豪放，腹有诗书气自华，用苏句。

其　三

会心人自镜中来，随意凝思坐碧苔。最是忘机狎鸥鸟，绿杨深处任徘徊。

其　四

风度端凝问学优，论才应不老林丘。好将五色如花笔，去伴西清供奉俦。

其　五

日丽风和正好时，柳枝桃叶尽丰姿。多情只合闲消遣，莫为韶华感旧思。君有东坡、朝云之感。

其　六

倚马裁书笔有神，景行才调更超伦。幕中收得东南宝，惭愧莲花作主人。诸君有以莲幕风雅为颂者，故云。

赠顾星桥孝廉

其　一

闻说东南美，乘轩入境来。有山皆淡远，无水不潆洄。胜地饶灵秀，名流尽茂才。凤鸣千古士，相见喜相陪。

其　二

风流江左冠，才调早年知。淹雅文通笔，清新白也诗。已看折桂早，莫讶探花迟。胜事投簪日，相期在及时。

暮春答岑云泉寄怀原韵二首时于役淮堧

其　一

绿杨夹岸漾轻丝，江北江南两系思。淮上黄昏推橹地，衙斋清昼卷帘时。三春游屐悬高阁，镇日扁舟傍古祠。最是关情香雪海，未能同赏百篇诗。

其　二

和风轻拂海棠丝，郑重瑶篇寄远思。清到淮流新月夜，艳当花发早春时。多情惟爱寻云石，雅况偏宜拜水祠。回首山房琴月静，不堪重读锦囊诗。

陈情貤封兄嫂蒙恩俞允恭纪

其　一

鲜民漫说苦如何，却喜遭逢异数多。黄口早年沾恺泽，八岁时，即蒙赐荫。青春长岁沐恩波。分符日下趋金阙，珥笔云司听玉珂。端赖圣人垂悯恻，从教孤露得阳和。

其　二

秩宗理学肇箕裘，时奉旨征取先大夫遗书，有究心理学之目。为叹零丁只自忧。七代香禋绵一线，寒家至予，已七代单传。三朝厚德迈千秋。承家有志追前业，报国无能劭远猷。今日又逢丹诏下，敢将心迹愧鸣驺。

其　三

曩时矢志雨镫寒，认取纲常处万难。兄竟无儿悲数短，我惟有嫂得身安。撑门力瘁荥阳郑，制服心师吏部韩。一纸陈情邀帝鉴，紫泥封下五云端。

其　四

旷典由来不易逢，圣慈逾格特旌庸。春回天语光彤史，云护龙章耀女宗。载拜新恩欢动色，追维旧德涕沾胸。儿孙须记皇仁重，家受三朝四世封。

接奉先兄嫂贻封诰命至署时幕中诸友同星桥顾子咸称贺留宴琴月山房星桥即席赋七律二首志喜诸友皆和之大司马彭芝庭先生亦赠长句依韵奉酬

其　一

西清载笔侍朝烟，青琐金声万里宣。自有文章华上国，更饶兰玉列阶前。辋川赋咏诗中画，洛社优游物外天。赢得鹅湖勤教育，及门桃李尽英贤。时大司马主讲紫阳书院。

其　二

圣朝原自重彝伦，锡类重沾巽命新。理学渊源伊洛水，丝纶彪焕上林春。时奉旨饬取先君著述，有究心理学之目。高贤风雅词坛主，丽句清新艺苑宾。弼教每惭无报称，敢言孝友觉斯民。先生有“孝友觉斯民”之句。

紫阳书院掌教偕诸生美其事倡咏成帙又赋四十韵

昭代隆敷锡，覃恩遍万方。小臣摅素悃，圣主贲徽章。顶戴褒嘉重，追维感叹长。鲜民谁似我，往恨几回肠。共识庭闱乐，偏多骨月伤。八龄悲怙失，四岁惨慈亡。茕疚身何倚，伶仃体未强。那堪兄早世，剩有嫂居孀。志以冰坚矢，心惟日出当。瞻亲头已白，顾我口犹黄。代子终乌哺，非雏得凤将。衣裾皆手制，汤药必亲尝。痛见桑榆没，诚求宅兆臧。涕洟怜两世，辛苦举三丧。己巳葬先君、先嫡母、先慈母于祖茔。不惜家资匮，频忧学殖荒。劬躬兼教养，薄植赖勖勷。梓弱承乔荫，星微近斗旁。燕台营桂玉，秦塞历关梁。予以荫补顺天通判洊历部郎，洎出守庆阳调补凉州，皆奉嫂之任。岁值黄杨闰，云沈宝婺芒。依栖四十载，催谢六经霜。扶衬归弦国，移官莅海疆。嫂殁于丁亥冬。次年春，属内子扶柩归葬，辛卯调任江苏。抚时心恻恻，回首意茫茫。报德纡筹策，陈情实恐惶。皇仁宏庇护，帝德涉汪洋。异数千秋遇，幽贞九宇扬。布荆嗟永逝，褕翟为谁彰。稍答勤劳绩，聊申节行芳。私衷欣获展，恺泽总难忘。惟切捐縻志，期将覆载偿。所敦良细曲，归美太恢张。披拂鸾凰彩，雕镌璧月光。鸿词霞灿烂，丽藻锦辉煌。揽诵滋惭恧，徘徊动慨慷。事原关性命，誉亦系纲常。弼教思无忝，明刑虑不遑。愿偕髦秀侣，共涉圣贤堂。文学先儒里，东南高义乡。风流知久扇，鼓舞讵能量。根本人咸笃，祥和俗自康。淳庞堪入告，庶弗愧皋扬。

除夕前二日增履庵方伯招同舒尚衣斐章保参戎砺堂游灵岩至高义园作

其　一

岁暮今朝早放衙，声声欸乃到山家。渔舟隐没湖烟远，僧舍依稀树影斜。过眼韶光争日丽，盈门彩胜斗年华。随君漫说饶游兴，为爱民人乐事赊。

其　二

天平胜迹传今古，御笔题名重昔贤。园名系御题。四壁晴山罗画境，一泓清水贮云泉。梅花已透春前信，爆竹频催日暮烟。景物随时成妙赏，放怀高义共流连。

癸巳春朝自常州归舟次无锡因同岑云泉荆星海重游惠山

其　一

三吴来莅两经年，今日重寻第二泉。古木参差藏梵宇，远山高下没平川。敬瞻御笔题名迹，亲拜旃檀学老禅。同向僧房询往事，竹炉朴制尚依然。

其　二

重来胜地水云宽，恰值春朝荐岁盘。村舍家家无字福，无锡风俗，门联不书字，以为无字福，读字与事同音，谓无事为福也。儿童处处有余欢。手磨石壁寻虫迹，目汲山泉煮凤团。坐久浑忘归路晚，一轮明月上阑干。时正月十三日。

清明日有以龙井芽茶见遗者题以明前询之则称近年来采在清明前者为佳其色嫩而味清过此为雨前即少逊矣适顾星桥孝廉陈月泉岑云泉高一初俞西溪唐味兰倪晓绿荆晓山何柳村诸茂才同校书琴月山房遂以惠泉烹之色味俱美果妙品也按茶之佳者造在社前其次火前其次雨前雨前之说世人艳称之而社前火前非读书之士不知也今明前之称起于何时倡于何人莫考其自要以火前为是然学者嗜古而世俗好奇自有此名向之艳称雨前者必倡其艳于明前而争相矜尚矣因思古有茶社今日得佳茗饮佳客即以明前咏之俾继声火前不亦可乎星桥即席首倡余亦成四绝句诸君咸属和焉

其　一

桑苎风流胜酒仙，嫩香浮椀月侵筵。摘来寒食山头蕊，赢得新名占雨前。

其　二

曾记春朝煮惠泉，山房今又试新煎。余于立春自常州归舟，次无锡，偕岑云泉、荆星海登惠山，汲泉煮龙井茶，同赋二律。草英近有明前号，好补《茶经》第四篇。

其　三

采得灵芽分外鲜，西湖风味酒杯边。酣来一盏如甘露，人在蓬莱月在天。

其　四

云居松岭各争妍，更有风篁早占先。龙井有风篁岭。一自明前传雅韵，茶烟新句续樊川。

闰三月三日琴月山房牡丹盛开集诸宾友宴赏其下分体赋诗以良辰美景赏心乐事为韵余得良辰字赋五律二首

其　一

三春花事尽，独尔殿群芳。玉珮红娇浅，金裙紫腻光。无双标国色，第一发天香。雅有南楼兴，开筵及夜良。

其　二

重逢上巳辰，花下会嘉宾。细雨培香蕊，微风托锦茵。漫夸诸葛数，共醉洛阳春。胜日同吟赏，谁人巧思新。

次增履庵方伯牡丹诗韵

偏饶国色殿群芳，嫩蕊重葩得得强。晓露初凝香馥郁，和风轻拂韵悠扬。一枝浓艳清平调，千朵殷红锦绣章。回首洛城烟景好，叙花何日续欧阳。

彭芝庭大司马见示和章叠韵奉答

春红落尽此花芳，南北何殊总自强。国色偏宜清露蘸，天香无待晓风扬。正封妙句传骚雅，谓方伯原倡。永叔佳篇重典章。谓芝庭司马。正好滋培供咏赏，莫教其雨怨朝阳。

送友人赴京应试

送别阊门外，行行过凤桥。河添新涨满，山隔晓云遥。五两轻无恙，双桡声正娇。前程发此日，鹏翮看搏霄。

送友归舟至虎丘作

四月江南地，清和景色饶。绿阴笼古墓，新水没平桥。麦结黄金宝，秧抽翡翠苗。虎丘千载胜，乘兴荡轻舠。

钱宫傅香树先生书札往还皆关道义不仅笔法之工也装潢成卷先生题三绝句于后谨依原韵奉答

其　一

服官忽忽廿年更，固陋常怀愧后生。赖有灵光先达在，瓣香今喜又通名。先生在圣祖朝与先大夫同词馆，余初入都时，获见颜色，先生旋予告归里。逮余官部曹荷司农师荐举得时诋起居后，则南北睽隔，致疏启候。今莅江苏与嘉禾接壤，屡通音问实，深庆幸也。

其　二

三朝耆旧怀鸠杖，九老温纶问席前。却笑当年白少傅，故园曾未过东阡。朱子诗："忽念故园日，东阡时一过。"白傅晚居洛社，不及先生之优游故里也。

其　三

尚书老笔由来健，当代鸿儒超又超。《论衡》云："文人逾通人，鸿儒超文人，所谓超而又超者也。"收得芝英草十纸，不须万贯羡缠腰。

孙西林观察遗荔枝乃蔡忠惠所称红盐者水浮至吴香味几与鲜者无异想海船风顺尔顾星桥孝廉首倡余亦次和

海洋鲸浪风正长，海舶乘风供远香。到来丹荔不十日，红盐浸出冰雪凉。离离嘉实真历落，暑窗恰称悬珠箔。由来此果数陈紫，绛囊剖破桃花膜。我将西域较东闽，葡萄绿色夸芳新。今啖侧生亦奇特，两两佳味堪比珍。当日杨妃偏嗜爱，微醺瓠犀饮玉瀣。若知泸戎逊兴泉，杜子美有“忆向泸戎摘荔枝”之句。驿骑红尘更苛碎。风流白傅咏新诗，品第尤详忠惠辞。尝罢卓然思味美，江橙卢橘讵同时。

次顾星桥孝廉夏日招芝庭彭大司马虎丘宴集诗韵即呈大司马

其　一

一代吟坛钦大雅，闲情恰是友生招。香山耆硕鸠为杖，娄水才人桂作桡。竹院静藏清影密，柳桥晴放绿烟饶。搜奇遍纪名山胜，著述而今比郑樵。

其　二

暑窗寻胜泛流觞，到眼芙蕖正放香。彩鹢底须桃叶渡，画船宜泛柳丝乡。塔垂晴影浮清沼，云涌奇峰衬夕阳。闻道宾朋共吟赏，不知身世有闲忙。

有竹簃和星桥题扇头画竹原韵

徙窗依竹辟新簃，坐对虚心惬素期。一自清风来便面，衙斋恰称卷帘时。

星桥初度诗以祝之

六月芙蕖正吐香，庭前戏彩恰相当。灵椿濡露千龄瑞，太翁年八十二，尚强健。矫鹤凌云万里翔。裴相龙钟时未至，李郎龟息日方长。薰风特启华堂宴，雪藕冰桃好佐觞。

题倪晓绿归舟入梦图晓绿，浙江山阴人，名忠谋。

其一

千岩万壑山阴道，竞秀争奇各不侔。一自倦游思故里，满川明月照归舟。

其二

同属黄粱未熟人，邯郸车马往来频。君今入梦归舟去，可是卢生觉后身。

其三

不识浮生竟若何，肯劳心力等抛梭。扁舟江上藤萝月，几度清风起皓歌。

其　四

信口偶然成对语，抽思自觉少推敲。风流太守偏多事，吟入新诗便解嘲。余代晚绿题其姊课子图，有“投笔自惭班定远，吟诗还让谢夫人”之句。平瑶海以为巧用姊弟故事，卒成一律。瑶海由庶常改县令迁郡司马，权雷州守。

重阳后一日虎丘访王梦楼探花承赠句依韵奉答

其　一

姑苏城是旧吴城，暂放闲情一送迎。九日风光宜带雨，初八日，微雨。三秋农事喜初晴。山经霜降容偏肃，菊到重阳气正清。最是登高能作赋，瑯琊才子唾珠成。

其　二

昨朝争说是重阳，为访名流看菊黄。几树丹枫依水榭，千畦红稻绕山庄。渔歌满地生秋浦，雁字排空带晚霜。极目时和多快事，剑池清映紫书方。

其　三

眺阁觞楼斗艳阳，秋来只见菊花黄。江城本是衣冠里，名士原居丁卯庄。塔际露凝千点玉，剑光星灿一池霜。闲情莫漫催归棹，晚翠西山映上方。

寒山看红叶同保砺堂马上口占

曲径绕柴扉，丹枫映翠微。秋山堪画处，不尽野云飞。

小春望前四日琴月山房宴集彭大司马见赠二律次韵奉酬

其　一

对策当年护玺符，廷试第一人，以御宝封试卷。万言何羡董江都。西清载笔呈金鉴，南国衡文湛玉壶。九老耆英天子诏，两朝青紫世臣纡。愿承音旨亲先达，敢谓能维空谷驹。

其　二

妙句欣看郢匠挥，竹篨风静篆烟微。时移坐有竹篨。二难自我惭贤主，三载从公仰德辉。堂到苏，已及三载。盖代文章兼李杜，出群才调尽云机。座中皆东南佳士。年丰民乐人多暇，百盏休辞戴月归。

秋日和保参戎同游华山四首原韵

其　一

秋深林木尽丹黄，独有乔松闲色苍。极目霜花明似锦，也胜桃李斗春妆。

其　二

竹篱曲曲隐山扉，石径盘旋入翠微。遥望太湖三万顷，水天霞鹜一齐飞。

其　三

年丰差喜解民愁，畅好追寻风物幽。小憩僧房看稻种，时寺僧已将新稻收包为来岁种子。不虚同上放衙楼。释惠诗"稻花香入放衙楼"。

其　四

坐汲清泉试小团，莲花峰下一池阑。归来细味新奇韵，好把西山拄笏看。

长至日大雪初霁岑云泉李裴园王远庵唐味兰邀同增履庵方伯顾星桥孝廉暨薇署诸君宴赏赋诗以日光绣户初添线雪意屏山欲放梅为韵分韵得山字成七律二首

其　一

欣逢至日行时令，气以升新雪满山。海涌一峰开玉障，天平万笏拱瑶颜。围炉索笑梅初萼，剪烛追欢月半弯。时冬月初八夜。六出表年丰已兆，衙斋差喜慰恫瘝。

其　二

宾朋雅聚东南美，才思咸称大小山。席上暖寒成令会，檐前披素对孱颜。阳归律验黄钟应，阴谢冰凝碧玉弯。不用远寻占五盖，郴州五盖山，岁冬至，以雪占年，云“五盖雪普，米贱如土”。笑看冬积释氓瘝。语云：“冬无积雪，夏无余粮。”

分韵后又同云泉星桥味兰即席联句

长至霏霏六出花云坡，春风先腊报官衙星桥。阳生葭管迎初月味兰，寒散银屏照晚霞云泉。半壁瀛洲添玉障云坡，一宵香寝赋冰车星桥。良时命酒烧红烛味兰，乐事宾朋笑语哗云泉。琼瑶下压竹枝低云坡，飞盏催诗小阁西星桥。梅蕊乍舒横玉砌味兰，松姿弥茂拂璇题云泉。围炉快聚神偏爽云坡，击钵清吟思不迷星桥。山简习池今仿佛味兰，何妨遥夜醉如泥云泉。

题宋生兰城闻川泛棹集

其　一

闻川风景任搜罗，谱入新词泛棹歌。山水有情明月在，鸳湖佳话竟如何。

其　二

兰桡认取苦吟身，彤管编成中馈人。生配戴月卿辑有《中馈要览》《彤管汇编》。教得雪儿歌丽句，顿令吴越一家春。生有侍儿，一吴人，一越人。

冬至雪后五日增履庵方伯招同舒尚衣絅斋保参戎砺堂宴集虎丘寺后山即席联句

其　一

共上云岩寺履庵，川原望不穷絅斋。风帆明灭里砺堂，烟树渺茫中云坡。胜地成幽赏履庵，良辰仰化工絅斋。孱颜看积素砺堂，同此乐年丰云坡。

其　二

江城雪霁后履庵，风物总堪夸絅斋。腊破梅先萼云坡，阳归麦早芽砺堂。村春催暝树履庵，渔火点寒葭絅斋。不尽登临兴云坡，疏钟起暮鸦砺堂。

十一月望后三日有竹簃雅集同蒋榕盦王梦楼郑砚农顾星桥俞西溪岑云泉唐味兰侄西山联句

良会欣逢长至后榕盦，庭前积雪小成山梦楼。香生绮席梅初绽砚农，影动虚簃竹有斑星桥。黄绢新词花下就西溪，白波雅令座中娴云泉。年丰好共宾朋乐云坡，兴逸多因簿领闲味兰。剪烛他时怀旧雨西山，浮杯今日判酡颜榕盦。柳汀韦寝传佳事梦楼，未信前徽不可攀砚农。

叠韵奉和钱太傅再题书幅后

其　一

供奉三朝重老更，一时文献属先生。耆英久沐君恩厚，岳立河灵仰大名。

其　二

畜德能文兼擅美，淋漓大笔喜光前。无惭碑颂传千古，不比南阳自署阡。

其　三

抱道还乡臻上寿，悬车声望益崇超。欧公笔势黄河水，愿学南丰一折腰。欧公曾为南丰祖作墓铭，南丰致书拜谢。

题增履庵方伯家庆图

其　一

气润河灵推世德，貌雄岳立仰清姿。同舟镇日追陪处，雅度从容是我师。

其　二

鸿案相庄貌俨然，齐眉今日正朱颜。珠围翠绕夫人座，兴庆行推列首班。

其　三

春满华堂荣昼锦，柳枝桃叶尽柔嘉。眼前风月平章好，莫遣多情系落花。图成，一姬已下世矣。

其　四

玉树盈阶总少年，荀龙薛凤各蹁跹。功名鼎盛传他日，不数汾阳瓜瓞绵。

登金陵城

其　一

龙盘虎踞说金陵，终古长江绕石城。六代莺花无剩艳，两湖烟水有余情。谓元武、莫愁二湖。鸡笼山正迎辰极，牛首峰高拱太清。到眼居民成百万，管弦声里乐升平。

其　二

高城百雉壮江东，往迹都归指顾中。桃叶渡头桃叶杳，雨花台畔雨花空。三山缥缈当天堑，二水潆洄孕化工。安石风流今已矣，一墩何事尚名公。城内有谢公墩。

男镂校刊

孙仁益正字

◎卷二　古今体诗一百六十一首

正月十三日晚出金陵太平门夜宿栖霞寺次日由万松山房寻幽居登最高峰

其　一

太平门外钟山北，一路长松闲石桥。山色水光随马转，不知前导尚杨镳。

其　二

林峦错绣路迢迢，策马江乡景物饶。乐岁人家金鼓振，村村镫火闹元宵。

其　三

好山逐渐裹前踪，路到栖霞佳气浓。明月满天僧满寺，隔林忽听一声钟。

其　四

偷闲特地宿招提，寻胜频惊午夜鸡。晓露初凝钟未歇，抠衣先出寺门西。

其　五

万株苍翠遍岩阿，百尺虬枝带女萝。谡谡晓风时到耳，涛声不羡广陵波。

其　六

结庐曾说明征士，一片清华不染尘。云石满山人迹少，只饶松竹占高邻。

其　七

云片曾叨御笔题，山石玲珑层叠，御题“云片”二字，镌石上。层层透瘦碧峰齐。元章太守虽多癖，拜罢难将两袖携。

其　八

振衣直上最高峰，培塿诸山是附庸。纵目云烟苍霭外，大江东去浪千重。

旧岁重逢上巳衙斋牡丹盛开粉红一色曾与幕中诸君宴赏分韵赋诗成卷并命家奴彭国才写折枝于卷首荏苒流光弹指帀岁名花依旧发香且开紫色一朵杂于众花之次觉粉娥娇中添此紫罗袍更饶艳丽矣向之有无此种莫可考但余来此已三阅春皆未之见今忽开一朵或有所为昔魏公芍药故事予曷敢希诸君中必有后至如陈太傅者特设小酌与诸君共赏之并各叠前韵复命彭奴另肖其体写一幅余亦依前韵仍赋五律二章

其　一

春风忽一载，又见此花芳。旧爱杨妃醉，新添学士光。锦帷笼艳蕊，翠幕护浓香。金带开筵日，宾朋尽俊良。

其　二

花开及令辰，莺燕正宾宾。冉冉云生袂，重重翠作茵。红娇千片锦，绛艳一枝春。载展题名卷，敲诗各斗新。

保砺堂参戎署中重赏牡丹叠和履庵方伯旧岁原韵

其　一

花时又见牡丹芳，不息流光看自强。明艳照檐霞灿烂，暖香盈幄霭飞扬。赏筵拟接金钱会，觅句频赓玉局章。最是多情勤爱惜，锦棚高搭护春阳。

其　二

富贵何须艳洛中，且看云叠锦为丛。吴门烟景文通笔，江左诗篇康乐风。金带宴开宿雨霁，玉楼人醉夕阳红。喜陪上客同吟赏，银烛高烧兴未穷。

首夏过程在山逸园却赠二律园在西迹山，西临太湖。

其　一

幽栖闻道逸园好，中有诗人卧碧岑。极目湖山归坐啸，绕村花木供行吟。鲤庭独立闲时课，一子自课。鸿案生香梦里寻。室人顾氏能诗，已逝，著有《生香草》。只许野云同去住，不关心事任浮沈。在山不入城市，已二十年矣。

其　二

地僻真能远俗氛，北山何用再移文。清晖阁上三更月，腾啸台边万顷云。台下即太湖。新竹亭亭凝黛色，老梅曲曲拥苔纹。眼前无限风光美，终岁优游总让君。

长句再赠程在山

姑苏城外邓尉西，渐来深处渐幽寂。中有诗人结草庐，面对九峰岚翠滴。园有九峰草庐。香雪梅花是比邻，亭亭修竹围四壁。云山曲曲绝尘氛，清宵爱弄高楼笛。不入城中二十年，泉石栖迟成性癖。有时长啸独登台，台下茫茫烟水碧。有时静坐思元虚，皓月一轮天宇辟。兴酣往复发狂吟，中馈酬声成勍敌。唱随诗草自生香，底事弦摧动悲戚。阶前兰玉茁新芽，一编手自勤训迪。终岁悠游乐有余，迟暮无心欢捧檄。我来吴会今三年，碌碌何能勤辙迹。偷闲今日访名园，接谈且喜成良觌。到此都忘步履疲，清华满目情弥适。寄语主人休闭门，他日重著寻山屐。

题吴夔庵怀水图夔庵名克谐，浙江石门人。

其　一

春明门外忆春游，逝水年华已十秋。今到江南重识面，画图犹是旧风流。

其　二

湖光荡漾净无波，载月乘舟自在过。秋水伊人清兴足，长风万里待如何。

夏日过彭大司马芝庭先生春晖园却赠

其　一

森森乔木世臣家，环映春晖景物赊。天子特题慈母竹，厅悬御题“慈竹春晖”额。祖孙双占上林花。当年雅望留青琐，此日清风拥碧纱。厅设碧纱橱，常读书其中。最爱平泉潇洒地，曲阑桥畔水纹斜。

其　二

名园闻说似蓬莱，到眼清华亦快哉。虚阁涵青惟月共，幽轩延绿有风来。涵青阁、延绿轩，皆园中胜处。寄情时著东山屐，遣兴频倾北海杯。先达今推白少傅，喜依杖履得追陪。

次保砺堂参戎过程在山逸园韵

邓尉西偏笠泽东，清华一路到园中。结庐地接盈盈水，著屐入乘款款风。村舍新阴千树绿，渔舟残照半帆红。参军隽逸裁诗罢，韵事重添元白筒。

题郑研农高旷清穆图

身似菩提，心如止水。对长松而神怡，踞高山而色喜。人世浮名，淡然而已。

题王方伯梅屋读书图

其　一

忆昔西陲同五马，而今南国接双旌。尊前风月图中景，披对如闻笑语声。

其　二

家住平阳汾水边，好从姑射觅飞仙。坐来笑对霞融面，葛长赓红梅诗“霞融姑射面”。瘦影清神两净娟。

其　三

翩翩风度正青春，罗列牙签衬锦茵。自是穷经能致用，图中先见读书身。

其　四

检点篇章映绮窗，绛团雪夜照银釭。孝廉船上神仙客，引得人称七宝幢。

其　五

一簇花容拥笑容，风流儒雅竟谁宗。芸窗嬴得红云伴，可胜添香几个侬。公侍姬多吴人，有小印镌，“红袖添香夜读书”句。

其　六

惠政新敷雨露沾，公余索笑尚巡檐。试看此日承宣使，犹是当年旧孝廉。

其　七

湖边烟月任句留，余到江苏，公叠余西陲留别原韵寄赠，有“江左风流君管领，湖边烟月我句留”之句。大雅扶轮展令猷。更喜采风成继志，一时名士尽从游。公在浙有《采风继志录》，考选时艺，搜罗名士殆遍。

其　八

趋庭曾占西湖胜，请业还余绛帐春。二十年来成盛事，友生今日亦州民。公前在杭，从钱塘县孙柳樊孝廉游。

题钟蔗经注经图

松鳞亚深阿，竹翠交幽壑。云阴度虚岚，泉淙泻重崿。此中有君子，穷经欣寄托。既惬山水情，亦永丹铅乐。早岁坐石渠，三礼资商榷。承制决群疑，笺疏振风箨。园桥拥皋比，溼哇靖一铎。南宫久郎潜，高义推典博。浩然急抽簪，独往依林薄。弓冶有传人，儒术称循卓。

迎养盖公堂，重启藏书钥。垂老更精勤，编纂甘淡泊。至今典型存，深衣俨如昨。披图缅高风，会见归来鹤。

题罗荆轩枯木栖鸟图

其　一

森森古木自萧疏，不是寻常鸟雀居。惟有慈乌知反哺，许他三五占为庐。

其　二

一幅烟云景物奇，就中标格有谁知。先生著意藏根固，只写扶疏老干枝。

题舒宸翁习射图

其　一

早承世泽绾朝纡，甲第连云任自娱。漫道闲情夸巧技，只缘壮志在桑弧。

其　二

端凝风度气凌云，坐对清华爱此君。退食从容无个事，好教正鹄习劳勤。

其　三

花柳双双自斗妍，眼前风景浩无边。多情我亦思游艺，亭畔何时笑拍肩。

元日试笔

旭日初开听凤鸣，氤氲瑞霭满春城。九州一气归元化，四海同风庆治平。淑景暗添新柳色，晴光早送晓莺声。明良喜起赓歌盛，倡和连篇有巨卿。岁内，梦堂大司寇有“喜雪”句，与钱箨石学士、翁正三编修叠次倡酬。

和崔拙圃大司寇烟九日会射石画轩原韵

舒长化日是初春，矍圃从教步后尘。失鹄反求须正己，贯皮能事莫尤人。笑看东阁张筵日，喜作西园雅会宾。开府旧传多伟艺，淋漓诗句更清新。

和崔拙圃大司寇上巳日过昆明湖原韵

条畅和风拂面醺，当前景物总奇芬。四围岚气烟连树，千顷湖光翠接云。穿柳新莺添嫩哢，排空北雁早宾分。尚书老健多清兴，退食优游纪见闻。

春日郊园散直同崔拙圃大司寇曹地山少宰小集英梦堂借山楼和拙圃韵即呈梦堂

退食春郊烂熳游，相逢揖让尽名流。喜携太白三山句，来上元龙百尺楼。入座烟岚归藻鉴，盈门花木供赓酬。平泉此日春华地，一品文章八座俦。

和崔拙圃大司寇暮春由苏州街过万寿寺小憩原韵

帝里光华总大观，漫言春事半销残。郊园鸡黍闲中味，是日，英大司寇留饮郊园。苏市楼台画里看。映日海棠红似锦，园中海棠正盛。迎风杨柳绿成团。同来胜地寻真趣，为爱苍松坐石坛。

拙圃崔大司寇招宴萝月山房赏藤花即席和韵

其　一

风信更番斗晓霞，紫云重叠缀晴葩。凝香燕寝纷披甚，楚楚争看萼绿华。

其　二

古藤曲屈发新花，嫩蕊垂珠紫盖斜。漫向画图频比拟，从来真假不相加。时壁上有藤花一幅，亨山谓其“不似有花无叶乱交加”之句。

寄怀袁才子

过江名士久推袁，吴下相逢月满轩。鸾掖文章留旧价，仓山著述综群言。平生契合惟元老，受知尹文端最深。半世栖迟为寿萱。我上燕台每南望，最关情处是随园。子才园名。

寄怀增履庵方伯

过江谁是出群才，髯伯风声遍八垓。三载从容陪笑语，两情胶漆重陈雷。清神矍铄翔云鹤，盛德滋培夹道槐。闻道政成当报最，相期尊酒会金台。

寄怀韩湘岩太守

江左三年契，幽兰独赏音。汪洋千顷量，皎洁一轮心。判事花生笔，宣劳雨作霖。云间当海角，思共碧波深。

丙申秋八月扈从木兰到热河喜晤拙圃崔大司寇并读壁间倡和诗即用扈跸事竣回京喜作韵

出都经历几邮亭，三月重瞻老寿星。粘笔新诗真集锦，迎门秋柳尚留青。忘机庶类巢宾燕，随直仙班醉绿醽。归骑应知驰晓月，菊花开遍坐芳庭。

读拙圃崔大司寇热河扈从金兰诗册

开府尚书老健身，每从动处见精神。山庄退食联吟社，宝利寻幽远市尘。驰马不知年已耄，拓弓常喜臂能伸。同来尽是真仙侣，秋月秋花聚德邻。

九月初二日驻乌兰哈达细雨如注继之以风因忆满城风雨近重阳之句辄成三绝句寄都门顾星桥舍人席紫山魏鹤峰平远亭三大尹

其　一

满城风雨近重阳，塞外从教细品量。好景当前即胜地，乌兰哈达山峰石岭，峻峭天然，遍山丹林黄叶，中老松参天，青翠满目，山下平川依逊河出其间，实围中最胜之地。遍山青翠杂丹黄。

其　二

紫蟹初肥菊正黄，满城风雨近重阳。遥知校韵题糕日，培荫轩中话正长。

其　三

舍人况味淡如菊星桥，大尹清名重若霜席、魏、平三君。秋色小园成底事，满城风雨近重阳。

布达拉庙歌和冏卿曹慕堂原韵

山庄退食频曳履，结伴寻芳极瞻视。我闻胜地有梵宫，熠耀璘斑久贯耳。替直幸得出关来，倾听仙班说莅止。座中满壁尽琳瑯，到热河与抽圃大司寇同寓，满壁诗笺皆山庄退食倡和之作，《布达拉庙歌》即在其内。觑看未竟拂衣起。读罢长歌复短歌，壮丽写来足自跂。爰定下直一往游，天空不碍高飞雉。按辔偕行马不嘶，举首宫城成迤逦。磬锤峰在河之东，罗汉趺坐长如此。磬锤、罗汉二峰名。行途坦坦转山湾，布达拉庙眼前指。红墙高耸若方城，石磡纵横罗玉蕊。伛偻小憩到中腰，山岚平绕烟凝紫。喘息流汗本阳和，拾级自仗一诚矢。抠衣缓步陟层台，身到五云仰天咫。巍巍正殿最森严，朱槛丹楹环不已。映日光华闪闪明，数万金鳞排雁齿。俯瞰坚磡左右分，浮图林立围殿址。回廊遍走上下层，变相万千具纲纪。中悬丈锦列诸天，眩目惊心灿霞绮。双幡翠盖照长明，端正妙相挂玑珥。飞阁中央宝座陈，几暇有时临玉趾。群藩享宴饫天厨，顶礼众生大欢喜。蒙古各部尽名王，跃马操弓熊虎似。标雄从古号天骄，暴戾恣睢罔与比。我皇驭宇统六合，教之都为礼让士。输诚久已效前驱，向化人人争赴市。见此庄严更倾心，皈依佛法如佛婢。边境清和四海平，中外一家臻上理。试从徼外数名山，何处名山有若是。瑶池西极蓬莱东，方丈瀛洲差可拟。兜率宫在大罗天，氤氲佳气祥云里。

扈从木兰秋狝纪事

其　一

风光曾记十年前，余于癸未岁，随围一次。山水依然景物妍。夹道番民迎圣驾，此地有厄鲁特回部诸番，与民人同跪道旁。太平中外乐蹁跹。

其　二

高峰耸翠石嶙峋，丰草长依幽涧滨。人向茂林深处度，小桥流水绝纤尘。哨门内两山石壁，一水回环，草木清华，最为奇胜。

其　三

峰回路转水重重，高岭丰碑御笔封。哨门内有御制诗碑在岭上。丹叶长林秋色老，石岭时见后凋松。

其　四

几度山湾出广川，千军云拥破寒烟。试围雁翅排弓矢，转入哨门，即阿达密。阿达密犹言“小试围”也。尽是貔貅马上仙。

其　五

一尘不染草芊芊，香气迎人卷宿烟。雨露沾濡生意足，清芬原自得天全。哨内草甚清香，盖尘埃不染，雨露沾濡，自得本来清气也。

其　六

毡围毳帐各随宜，棋布星罗任所施。长短小旗标幌子，白云不忘职当司。围中各立望竿，上挂小旗，名为幌子，颜色不一，宽长殊制。余官秋卿，因用方蓝布，内篆白云字，既以作记兼识所司。

其　七

秣马荒山外版图，归诚蒙古献区区。至今六十四围内，岁岁何人敢牧刍。木兰旧属蒙古游牧之地，康熙年间输城进献永作围场，计六十四处。蒙古各部至今无敢入牧刍者。

其　八

残星未散漏声微，骏马嘶风早上围。安不忘危家法在，克绳祖武继前徽。

其　九

腰弓控马尽名王，逐队前驱护圣皇。闻道玉音传射鹿，大家抽矢各争强。围内随从各蒙古王公大臣必奉旨，命射，始敢发矢。

其　十

山鸡飞去人争扑，野鹿逸时马各迫。围内狍鹿逸出围外，人人皆得扑射，雉狍任取，鹿则应报明缴尾。纵目悦心观未足，六龙回处报先知。

其十一

每随晓箭直班联，待漏群依御帐前。一望镫光列星斗，始知身在五云边。

其十二

车如流水马如龙，人各争前不可踪。更有科头勒最猛，国语谓“家奴”为“科头勒”，争道最勇。行来风送一窝蜂。

其十三

车驼填道甚喧嘈，每陟高冈若战鏖。策马上山寻别径，忽闻绝壑响松涛。

其十四

塞草盈川带晓霜，参差红柳护羊肠。入哨日深，河流渐细，随川宛转，呼为羊肠河。每为丰草所遮，惟柳生河边可识，柳经霜后其叶尽脱，望之枝干皆红，或即红柳种也，但矮缩耳。取来箬漠鲜堪食，箬漠鲜蒙古所称鱼名，山羊肠河内柳根之下，味鲜如白鱼，人可斤许。哨内无蟹，得此可以媲美。不独持螯兴味长。

其十五

长城遗址绝山陉，此地曾闻百战胜。过达彦、达巴汉，东西横亘一岭，传为古长城，御制《古长城说》，鉴论精严，镌碑立北山西岭上。达彦乃战胜处，达巴汉乃山梁也，皆蒙古语。考论精严钦圣鉴，卿云常护御碑亭。

其十六

四山云合雨霏霏，翠盖无张不众违。圣主习劳勤据马，崇文又见武功巍。哨内两次遇雨，行围不辍，上仍乘马回营，不御雨具，盖习劳不逸也。

其十七

行到三秋对晚晖，山光凝紫暮烟飞。才过残月又新月，几度排班看打围。八月十九日进哨，九月初五日出哨，初三日至坡赖围，已见新月如钩矣。

其十八

四十音谌八部列罴熊，猎罢归途宴赏丰。饱啖御厨兼挟纩，帐前稽首颂神功。

其十九

入座番王带爪牙，两旁排列静无哗。殷勤跪拜皆臣仆，中外方称是一家。出哨后，赐蒙古哈萨、哈厄鲁特回部、土尔扈特各王公宴及随从官兵，并赏给绸缎、布匹、荷包有差，各各跪拜如仪，极其诚敬。较之汉唐以来，偶得一二国效顺，称“中外一家者”，为何如也。

其二十

劳来恩罢出营门，跪道斋庄送至尊。回首扬扬催去骑，诚心悦服各归藩。

九月二十三日扈从归来黄花晚节犹见清芬因集诸亲友小酌赏之玉藻茂才即席口占二绝依韵奉和

其　一

黄花晚节自迟迟，扈从归来一举卮。夜雨银镫相对处，微风香动卷帘时。

其　二

西园此日兴偏长，春泛梨花侑客觞。是日，饮梨花春酒，乃口外所酿也。秋景自深菊自淡，傲霜留得一庭香。

丁酉元日过友人寓斋素食即席和韵

春归万类入陶钧，又是韶华斗转寅。献岁忝陪朱紫客，退朝欣接老成人。不嫌脱粟盘无肉，聊复衔杯酒上唇。主人与余，皆不能饮。三度风光期后会，自乙未元日至今，已三次矣。五云佳气去来频。

答友人元日见赠原韵

声望深惭白侍郎，集唐原句"才子声名白侍郎"。也随鹓鹭任翱翔。三年同食存真率，万类逢春斗艳阳。俭约持身思易学，呼号留客念难将。用张竦、陈遵事。优游化日诚多福，两鬓何妨渐似霜。

读竹井相国除夕及元日试笔诗依韵奉和

除　夕

市语叮叮到处阗，几家忙迫几安便。香焚宝篆烟凝夕，果献椒盘夜度年。绕膝儿童欢不寐，填街金鼓振难眠。太平身世多余庆，意气从容自浩然。

元　日

喜逢大盛又韶年，九奏声中霭瑞烟。黼座光华常烂熳，帝城风物自暄妍。薰陶化日皆多福，管领春台独占先。退食从容余乐事，巡檐索句早梅前。公除夕诗有“醉向梅花比霜鬓，与君一例是皤然”之句。

前诗未尽自述之意再叠一首

头番芳信迓新年，元旦距立春五日。佳气融为柏子烟。诗律未随时日老，鬓华竟斗雪霜妍。慈祥性近宜依佛，挂碍心多漫学仙。已觉知非成忝窃，余年四十九。惭无报称可光前。

丁酉夏出使江南过泰安望岳

仰岳由来久，今瞻泰岱峰。高疑天汉近，远接海云封。青帝隆敷锡，苍生尽恪恭。未能停驿骑，抠谒扩心胸。

过羊流店谒叔子祠次拙圃崔宫保尚书题壁韵

轻裘缓带镇岩疆，儒雅风流史册光。西晋人民资乐利，东吴兵将息猖狂。岘山碑堕千行泪，羊店祠留一炷香。拜罢低徊瞻庙貌，森森松柏肃烝尝。

过淮南东吴门诸友

其　一

一从北去已三秋，每上金台忆旧游。今到淮南更南望，长江烟水隔苏州。

其　二

到江仍是隔江思，寄语嘉州老友知。记否倡酬归棹处，惠山泉畔月明时。岑云泉自毗陵同舟回苏登惠山，曾有倡和，时癸巳正月十三日也。

其　三

雅度每怀宣化使，谓增履庵方伯。清襟常念尚衣卿。谓舒纳斋尚衣。故人消息今何似，咫尺难将笑语倾。

其　四

红桥南望柳阴阴，景物分明记昔临。只有故人消息远，姑苏城外夜钟沈。

邵伯舟次旧幕友唐味兰随高节相至过我夜话喜而有作兼怀京中顾景岳中翰苏州岑云泉茂才

其　一

三载吴门日，欢心群彦陪。别来深梦寐，握手重低徊。雅量披云汉，清言傍水隈。不辞频剪烛，夜漏漫相催。

其　二

旧交新把晤，笑语共轻船。不道三生幸，翻成两地牵。燕台留景岳，吴下滞云泉。属意高攀桂，相期会日边。味兰、云泉，时方应省试。

喜闻平瑶海太史舟至吴门有平江书院掌教之聘却寄二首

其　一

黄金台畔经年别，花雪联吟忆范河。闻道布帆归去好，鉴湖风月几回过。

其　二

清才早得誉时髦，几载交游意气豪。解缆过吴还系缆，平江人士待甄陶。

风篷水车

自六闸下河一带，处处皆有其制，用木扎架，中立直木柱一根，上穿活轴，下安太平轮。大轮下横轴一，安二小轮，一与大轮木爪相接，一与水车厢龙骨木齿相接。旁柱八根，挂蒲帘八扇如船篷，随时启落，脚绳活转，八面受风，风来篷转，则大小轮互相推拨，河水自然吸上，不劳手足而坐享其利，可谓安便矣。喜成一律。

木架高撑四望中，蒲帆八幅挂玲珑。轻轮惯转盈盈水，活脚能招面面风。挽踏桔槔劳手足，卷舒轳辘笑儿童。北方用辘轳取水，必为此地儿童所笑。只缘盛世人多乐，巧占安便庆岁丰。

兴化事竣归途舟次埜君自丹阳来晤喜谈竟夕出墨兰属题即次画中韵

漫教花雨说优昙，对此幽芬食亦甘。臭味与君同嗜好，又携诗卷过江南。

邗上舟次答舒纲斋尚衣寄怀原韵

衔命赴江南，感荷何能已。驿骑在星驰，风帆期顺驶。行行历淮扬，隔江来一纸。郑重故人书，殷勤询近履。淋漓发长歌，缱绻复何似。深情宛转闲，恍若亲音旨。往事动追回，光阴惜弹指。北上黄金台，南阻沧浪涘。怀抱各一方，良时徒望美。冉冉吴山云，澹澹秋兰茝。三载黯然思，一朝跫然喜。那知金阊门，咫尺难莅止。南望低徊间，薰风时过耳。行笥贮朵云，邗水深无底。

答增履庵方伯寄怀原韵二首

其　一

奉命深知圣泽覃，风帆轻便下淮南。望中尽是盈盈水，梅雨连江带夜酣。

其　二

当年何范联花雪，此日音声隔水云。千里兰言馨有脚，殷勤远寄惜襟分。

羊流店旅壁读崔抽圃尚书过桃墟句即次其韵

其　一

绿杨归骑过桃墟，又到羊公旧式闾。读罢壁间红杏句，风流端属老尚书。

其　二

春郊行部夕阳西，开府曾经驻马蹄。人面桃花皆往事，一行杨柳绿成堤。

谒岳庙

使归修谒礼，驿骑暂时停。庙踞山河胜，神参造化灵。鲁齐尊保障，秦汉表勋铭。举首瞻宸翰，云烟御墨馨。

谒庙遇雨时正望泽喜而有作

岳云看起处，霖雨应时来。野树飞烟暝，山城涨水隈。田畴多润泽，草木亦滋培。帝德真无外，欢情面面开。

汉柏

汉柏传千古，观形识特钟。结根依岱岳，挺干比秦松。御笔图贞操，御笔肖其形写图，镌石立侧。天恩笃老容。年年滋雨露，长此载尧封。

寿新建曹大宗伯

其一

世济清芬重庙堂，端凝风度特康强。时当首夏星辰灿，位接三台日月光。一德交孚昭盛治，千秋衍泽拜宸章。御赐"秩宗衍泽"额。

满城桃李群称祝，圣子神孙亦举觞。先生侍读上书房。

其　二

后先贤达仰嘉猷，帝眷欣承锡命优。燕许文章高北斗，欧曾声望重南州。长生曲献蓬莱客，延寿杯擎鸾凤俦。更喜华堂开宴日，阶前兰玉乐油油。

暮雨竟夜和竹井中堂韵

新秋气候别凉暄，竟夜潇潇雨入垣。出水芙蕖香自远，因风铃铎响偏繁。烟凝绣野知无迹，泽满平畴料有痕。晓看西山匀翠黛，稻花开遍水云村。

题徐条甫祥草图似萱，无叶，绿茎，花六出，轻红色。

同住城南尺五天，奇花瑞草亦争妍。一枝新翠亭亭秀，六瓣轻红特特鲜。金掌露擎宿雨后，玉堂人立晓风前。园中真干图中影，佳气相看正蔼然。时予园中亦开此花，故并及之。

丁酉九月奉使山东途中即事

载承恩命出都门，又向皇华计雨昏。早识秋烟凝暮霭，渐迎寒景上朝暾。往来不尽行人迹，岁月频增道路痕。莫讶使星今朗耀，廿年前已沐君恩。

珍珠泉

一池清澈碧成涟，万颗珠生砌下泉。荷盖擎来秋露净，晶盘拖出夜光圆。脉通沧海鲛人泣，影落银河列宿悬。漫道老龙盘水府，时时嘘气沸如煎。

访钱籜石阁学留坐四照楼却赋一律即呈籜石时籜石视学山左，楼在学使署，施愚山先生题。

携手同登四照楼，湖山面面坐中收。大明湖在学署前。济流起伏来千里，岱岳峥嵘压二州。过眼烟云凭去住，到庭风月任句留。从知学士多豪兴，把盏敲诗醉不休。

拟登泰山用谢在杭登泰山韵二首

其一

寻山著屐足消愁，畅好登高趁九秋。十八盘中瞻帝阙，三天门上望神州。高连碧落云生袂，近接银河月到楼。应待夜阑看日出，振衣方是不虚游。

其　二

云敛晴空叠嶂连，丹林霜叶剧堪怜。秦碑汉碣一时事，日观天门万古悬。西挽黄河曾几曲，东衔沧海是何年。放怀同得搜奇胜，未信人间有俗缘。

春圃观察出示其兄金沙相国留别诗及和章次韵二首

其　一

一别销魂日，翻嫌岁月忙。深情敦友爱，雅意示康强。相国句“我幸尚康强”。转侧临歧路，丁宁不越疆。难兄与难弟，两两重冠裳。

其　二

手足原相倚，分离两意忙。弟恭兄本友，神健体方强。忍泣思同被，观察句“五旬犹共被”。含情语接疆。相国有“燕齐近接疆，挥手莫沾裳”之句。怡怡洵可乐，感我泪沾裳。余家世单传。

和李兰皋观察途中喜见麦苗青葱原韵

济南东下不迟回，行过山隈又水隈。村树凝烟连紫塞，麦苗贴翠胜新苔。云盘绿朵三冬伏，浪叠银花首夏开。独有使君欢未已，又思积雪润将来。

题胡书巢太守养云图

茫茫东海水，冉冉泰岳云。两两远相接，一碧秋不分。中来仙人驾，紫气益氤氲。粤西有胡子，风高折角巾。怀才富经术，一麾守海滨。徜徉观海岳，意气日逸群。缥缈思满贮，养素是葆真。

答友人自峄县寄怀原韵

缅彼芝兰芬，同气结良友。别后余渴悰，晤时频握手。谈笑无猜嫌，坐久转牛斗。雅重金石心，薄彼雌黄口。君年正黑头，我齿已白首。方喜得盘桓，又折长亭柳。此行非孟尝，客途无鸡狗。驿骑催行程，恋恋犹却走。我马向齐东，君节指齐右。夕阳何处山，村春耳边白。寄我花雪吟，棣华同不朽。云龙愿弗谐，莺鸣求素耦。颜色不可见，新月偏照牖。时初六日。寒宵号朔风，此境君同否。

超然台歌台在诸城县北城上。

诸城城上旧有台，高压城头势已摧。大苏增治记其事，小苏命名赋崔嵬。西观缥缈说泰岳，东望苍茫指蓬莱。嵯峨马耳山名列翠嶂，曲折扶淇水名抱城隈。川原北走旷无际，俯瞰万户炊烟开。云霞变幻凭旦暮，四时风月自往来。景物随地皆可取，一揽胜概具化裁。我因公毕得临止，纵目物外绝尘埃。凭临如登千仞冈，超然之境名实赅。当日苏公多豪兴，时携宾客相追陪。摒挡电埽了公事，兴酣笑傲且衔杯。苏公去后七百载，巍巍至今何匆隤。此城此地亦已久，不传何人留一坏。缘无浩瀚凌云气，又无倒峡拨天才。纵使题筑夸一时，转瞬淹没同劫灰。此台藉公足千古，山高水长思悠哉。

历下亭

久闻历下亭名古，今识亭窗向水开。恬静湖光归几席，翠微山色入追陪。一城砧杵秋声远，几处蒹葭野岸隈。莫道终宵人迹少，涵虚应有夜珠来。

登汇波楼济南无北门，楼在城上，即北城水门楼也，大明湖水由此出，故名。

城下汇波城上楼，一湖清漾日悠悠。望中春雨耕云转，座底秋涛带月流。水出楼下，城外居民分以溉田。士女群瞻千佛寺，游人谁问百花洲。志载百花洲在湖南，最为奇胜，今湮没无可考，且不知其名。茫茫泰岱连沧海，不尽烟光紫翠浮。

望华不注

济南城北路迢迢，危石孤峰势正峤。拔地独尊雄气象，仰天特立秀丰标。由来点染烟霞丽，终古沾濡雨露饶。直欲振衣凌绝顶，荡胸东望海门潮。

喜　雪

霏霏飘素散，四野碧云变。茫茫一气中，远山杳不见。淅沥占多时，纷糅遍几县。瑶台鹤梦惊，微风入竹院。霜淞闻齐歌，齐谚云："霜淞如雾凇，穷汉备饭瓮。"冬积真可羡。何处寻梅人，六出花迎面。

青州途次寄怀友人用前题养云图韵

雅意深寄托，毫素裁朵云。开函多郑重，殷勤惜襟分。齐鲁隔千里，暮烟日氛氲。齐人尚节义，鲁国重儒巾。峄山远不见，淄潍近海滨。徘徊望天际，几时重乐群。聚散复何常，气谊自有真。

趵突泉和李兰皋观察韵

归骑新从东海来，名泉容我暂迟徊。隐雷觱沸今还古，喷雪渟泓往复回。池涌白云牵水荇，楼题黄鹤忆江梅。楼联“空山何处来黄鹤，流水无心响白云”，乃吕仙降乩所题。不须济泺争分辨，地有真源巧自开。是泉有谓为济流伏起者，有谓为岱阴特出为泺源者，名贤题咏各是其说。要之，总属地脉所发，不必纷纷聚讼也。

丁酉冬日自山左事竣回京复奉使河南次日出都口号

皇华仍问旧来程，昨日今朝辨送迎。宠命频承惊任重，简书叠荷觉身轻。晓乘驿路嘶风骑，夜警邮亭击柝声。最喜西山新雪后，冰心相映玉壶清。时雪后初晴。

孟县渡河至偃师途中即事

七年重到孟州路，今日初行入偃师。伊洛西来清在抱，嵩高东峙峻如斯。河边宿雁平沙远，山外斜阳落照迟。却喜麦田匀黛色，桔槔声里足培滋。

到家即事

岁岁乡关别绪萦，归来今日若为情。到门宾客无前辈，入座衣冠半后生。近水村多修竹绕，向阳楼对好山迎。风光依旧年垂老，嬴得人称衣锦荣。

省　墓

一去家园十八年，归来今日涕潸然。室庐仿佛犹环堵，松柏依稀认旧阡。只有岁时修望祭，何缘伏腊奠黄泉。低徊不尽难留处，圣主恩深北阙悬。

丁酉夏恭遇覃恩（堂）以侍郎加二级自曾祖以下皆封一品适是冬奉使归德请假省墓仰蒙天恩俞允得敬修焚黄之礼恭纪七言律诗四章

其　一

珥笔云卿近圣颜，屡承丹诏自天颁。宠邀使命惭无补，恩允陈情得暂还。几度皇华寻驿馆，一封紫诰到乡关。遭逢深幸蒙高厚，清夜思维报称艰。

其　二

何缘奉使揽骖骓，载得恩光到故扉。望切松楸思莫禁，感深霜露愿无违。题桥漫诩车容壮，上冢欣看春物菲。时新正五日。六十年来双盛事，锦衣父子后先归。先大夫于康熙丁酉典试湖广，曾告假省墓，堂请假亦值丁酉。

其　三

亲奉丝纶日下来，虔修牲醴告泉台。云笼凤藻金花见，日映龙缣彩色开。四世祖孙阶一品，两朝父子近三台。恩荣奕叶人争羡，风木余思只自哀。

其　四

七代传家只一身，寒家至堂，七世单传。常怀少壮不如人。仰承圣德怜孤露，窃幸庸才忝世臣。三锡鸿恩光甲第，堂已三遇覃恩矣。五花凤诰寿贞珉。九泉灵爽知无憾，存没均沾雨露仁。

留别诸亲友兼以述怀

其　一

廿年几度悦亲情，别绪难禁此后萦。不尽逢人倾盖语，那堪回首踏歌声。无闻竟尔输先达，可畏居然羡后生。两字率真差自信，耻谈机巧怕非诚。

其　二

由来唯别最销魂，况是离家去里门。祠墓春秋时系念，族亲寒暑日难论。漫劳车马途中客，遮莫云山雨外村。未敢迟迟多信宿，只缘家世沐天恩。

过广平梅花亭谒宋文贞公祠恭和御制原韵

赋梅聊自况，余韵至今留。御笔风标古，天章景色幽。旌贤昭圣德，表里纪宸游。亭畔图疏影，御写《古梅》一本，勒石嵌壁。阶前汇碧流。品超贞干上，人结素心俦。睿藻褒忠亮，御制有“忠亮世稀俦”之句。君臣异代投。

过邯郸访卢生祠和魏环溪先生韵

其　一

往来车马总云醒，谁识黄粱爨未成。终日纷纷终日梦，翻然一觉是卢生。

其　二

石像频年卧未醒，非因好梦尚无成。仙家化去坏胎在，留此坏胎悟众生。

其　三

毕竟人人尽解醒，古今名教有何成。细推指点机关处，弗用机关是悟生。

其　四

哲士早知身未醒，痴人偏说梦难成。仙家妙解明醒梦，说到虚无也寄生。

其　五

纷纷原是梦无醒，事业都从梦里成。待得觉时方了悟，凭谁相与话平生。

淇县晤朱介山话旧

故人久不见，何缘会一朝。闻我来北阙，不辞远出郊。相会在淇水，有斐见风标。握手无寒暄，但言别路遥。回首望白云，忆昔共西曹。芝兰结同气，惟淡为至交。退食时过从，相敬无笑嘲。嗣我历秦晋，君屡乘星轺。一麾守卫地，旋复秉朱旄。三畏君子心，四知贤者操。慈爱比召杜，巡行遍衡茅。溢水困村民，振溺出洪涛。感君活命恩，壶浆遮前镳。至今闾里间，共颂使君劳。三代直道在，民风原不浇。民吾本一体，此语等粕糟。君独推诚信，念彼若同胞。上广天子仁，下起万民谣。布泽匪邀誉，苍生自见招。愿言须努力，前路正迢迢。

归至良乡星桥冒雪来迎喜而有作

去冬此地劳相接，今到良乡又见迎。两月怀思入远梦，一般风雪坐寒更。去冬是日亦大雪。同舟吴下当时事，并辔燕南此日情。踏碎琼瑶归帝里，恩光共仰凤凰城。

戊戌冬夜出京过卢沟桥

朝雪初晴夕照收，又乘星骑过卢沟。河声依约藏冰底，山色晶莹映马头。晓月未看升冉冉，残镫犹见夜悠悠。挥鞭此去前程远，谯鼓频听几处楼。

旅馆中见壁间大幅山水叠巘层云颇具幽致不画一人因题二绝

其　一

丹林秋叶夹长松，瀑布千寻响石淙。流水小桥人迹少，好山多被白云封。

其　二

千叠云山几曲流，霜花点染一林秋。丹青眼底无人物，只写烟岚景色幽。

望　嵩

渡洛瞻嵩岳，连天积翠重。诵诗钦峻极，观体识雄封。险说轘辕道，高推紫盖峰。何时探二室，寻胜访仙踪。

再入偃师叠前韵

去年初过嵩阴路，今日重行到偃师。岳色崔嵬仍若此，河声澎湃镇如斯。邑治背邙外即黄河。依然陇亩缘村翠，终古川流带月迟。莫把残冬低放眼，春来高下总华滋。

偃师馆寓二程书院院后台祀二程先生谒而有作

先儒禋祀地，展拜客途中。伊洛源流远，金昆道德崇。未能立夜雪，偏得坐春风。时冬至后，天气晴和，登台向日，暖若三春，惟望冬雪滋麦耳。此是程门路，群言好折衷。

过长葛晤管遴峰广文

其　一

洛阳花雪竟如何，谁道星轺此地过。手把故人思往事，飞旗山下别情多。飞旗山近遴峰里居，余庚辰过其地，一别至今。

其　二

十八年前共壮游，别来心事日悠悠。相逢漫道频相忆，相看今叹两白头。

寄怀顾星桥中翰时星桥丁艰归里

暮云平远望江东，往事都归记忆中。驰马吴门吟夜月，惊帆燕市啸春风。三千里路形声隔，八载居停臭味同。为问别来今若似，好将消息托鳞鸿。

过鄢陵怀荆星海茂才

村村翠绕麦层层，城郭依然岁月增。记得元宵风雪后，曾同车马到鄢陵。

食油菜喜而有作

一盘青嫩荐园蔬，饱啖欣然意自如。宁可停骖居有竹，何妨供馔食无鱼。乡关客至能添箸，都下人谁解设菹。不是充肠厌粱肉，此中滋味要频咀。

寓相国寺过方丈晤充公和尚出朝山图索题即次所作菩萨顶韵

清凉台畔拥云霞，山色泉声处处嘉。示相庄严猊伏座，传镫明绩鸟衔花。瞻奇心定终成悟，味道行坚未有涯。独我无缘登绝顶，余任山西冀宁道，拟一谒五台登高顶，旋以升任去甘，未果。偷闲且吃赵州茶。

同喀静庵少寇游相国寺西园次学使王露仲侍读题朝山图韵

奉使来汴梁，星轺飞转毂。停骖相国中，古寺数经宿。偷暇瞻妙相，结伴访遗躅。非色亦非空，不碍闲云触。绕廊尽庄严，罗汉具法服。森森天王神，譬彼水四渎。僧徒勤梵呗，禅床夜漏促。中有大释子，来向方丈速。相与问讯间，道说素知仆。貌古神亦清，能诗颇免俗。禅心息机关，驯彼放生鹿。行行到禅房，幽径通几曲。生意满目前，绕堂种花木。示我朝山图，云水千里复。披图见别裁，名胜诗可续。往返越长城，经时道途熟。不辞历艰辛，礼佛参金粟。戒行苦精诚，跋涉消髀肉。内典我未闻，谈论似不属。所喜清净心，无争无耻辱。不二法门中，要亦贵知足。茶罢涉西园，缓步少羁束。相对一池清，悠然想濠濮。石径云磴穿，度桥出平陆。登彼妙香阁，历历列品目。高楼藏藏经，大众问谁读。徘徊四望中，此地成遐瞩。嵩阳古柏留，淇园久无竹。余新从淇巩来。回首阅图册，题诗已满幅。就中有长歌，气味余清馥。

内黄过陈少尹四舅翁衙斋

乘车从南来，渡河风不逆。载道星夜驰，几度越古驿。停舆谒舅氏，间曹门径阒。入门见堂庑，环堵余四壁。坐久多寒暄，聊以慰岑寂。黯然一年中，何复成良觌。回首忆故园，因之话往昔。往昔吾邑中，风景颇清适。负郭田膏腴，环邑山水碧。结庐竹木华，村居尽幽僻。男耕余仓粮，女织饶布帛。池塘鲜可烹，鸡黍足供客。尤喜俗淳庞，从忠薄尽革。言动鄙轻儇，交重松与柏。共成敦厚风，机械众所责。初春我假归，暂得悦亲戚。悲谢老成人，后生尽英辟。少壮意气雄，侈谈风流剧。瞻彼春日燕，飞飞过驹隙。又见秋日云，轻轻度朝夕。人生有秉彝，何便成陷溺。习巧嗤拙成，安知守分益。舅氏闻子言，相与深惋惜。

奉使龙潭祈雨用壁间韵

驰车到此便停骖，寺外松枝叶剪蓝。危石高悬传虎穴，清泉深贮认龙潭。峰回无碍流云涌，水泻惟余瀑布酣。稽首一犁农事足，不贪空翠说山岚。

龙潭喜雨用戚继光韵

蟠踪养性几经春，为雨为霖动圣人。灵迹旧知千里润，神功今见一番新。滋培庶物来青甸，长养群生达紫宸。莫谓无惭天子使，逢人都是太平身。

题扇头折枝杂卉

其 一

休夸浓艳闹春阳，漫说殷勤护淡妆。最喜暑窗开便面，载来清影一齐芳。

其 二

锦江春色漫相催，披拂和风取次来。不惹游蜂与狂蝶，暗香浮处月华开。

其 三

蓬岛祥光泛彩霞，瑶池清露带芳华。珠帘十二楼台静，画永风微映碧纱。

其 四

冰桃雪藕恰相宜，水阁炎天日午时。一握清风来满座，草香花气自维持。

其 五

谁把繁枝簇锦团，四时风韵未阑珊。霓裳舞后歌新月，几度句人掌上看。

卧牛砚铭

士读农耕，农不可以执笔，士不可以执鞭，胡为乎？此物卧于书案之间，士赖农以养，农待士以治。穷经致用，亦须知稼穑之艰难。相伴相观，不仅贵于磨穿。

御赐福字

由来景福自天申，锡命初承御墨新。云护彩毫光纠熳，香萦宝篆气停匀。九天泽普无疆颂，四海恩同有脚春。载得鸿庥归邸第，满门嘉庆仰皇仁。

出闱日答少京兆刘乙斋送别原韵

论交已是廿年钦，两度重逢意倍深。敢诩金兰同臭味，愿将秋月共冰心。凤城人士云霞蔚，棘院风光夜漏沈。今日至公堂上别，他时相遇好相吟。

男鏻校刊

孙仁益正字

◎卷三　古今体诗一百七十二首

夏日雨后登平台望西山见天际云气俨然图画宛如身在江南山岚烟水间也高一初太学首唱四绝依韵和之

其　一

雨余残照涌云峰，绿树浓阴不可踪。一望水天霞鹜起，又惊驰马喜开胸。

其　二

潋滟湖光接汉津，翠微山色更停匀。当前云物丹青妙，造化凭人辨假真。

其　三

山自岧峣水自漫，云霞点染夕阳残。辋川图画天然景，两两相将可并看。

其　四

依稀云树说江南，山势连天水抱山。记否太湖三万顷，洞庭遥衬荻芦湾。

叠前韵四首呈范埜畇张晓山两太学二君皆善画

其　一

叠叠重重嶂碧峰，茫茫烟水杳无踪。渔舟几个汀州外，尽是云师落落胸。

其　二

天开图画起霞津，芦荻成丛夏木匀。为语当前两妙手，丹青莫吝写来真。

其　三

吴山楚水两漫漫，长夏扁舟客梦残。鸡黍范张千古士，多能又向个中看。

其　四

当年我作淮南客，今日同观冀北山。回首秦邮湖上路，夕阳残照几汀湾。

四月三日祈雨龙潭叠壁间前韵

惊帆载道迈征骖，风日清和天蔚蓝。顶礼先参金粟相，虔诚仍拜石林潭。如云春稼需膏渥，待种秋禾望雨酣。安得崇朝洒甘露，一抬双眼对青岚。前两次祈雨即得山岚青翠，甚惬心曲。

送宫傅周燮堂大司空得告归里

其　一

论交许我是忘年，公长余二十三岁。今日输公作散仙。解组拜辞喉舌地，挂帆认取孝廉船。公以乙科起家。前途河岳声华壮，故里莼鲈品味鲜。谩诩二疏高汉代，圣朝优命更堪传。予告时，特赐太子少傅。

其　二

忆昔叨陪天使座，公官制府，入觐时值七十寿日，御书扁额，遣使赐赉甚厚，余与戟门蒋少农承约陪宴。年来曳履幸联班。每因趋殿频扶拜，刑、工两部联班，公艰于拜跪，余每扶掖。不谓抽身便赋闲。青照选文传艺苑，公有《青照楼时艺选》行世。黄图遗爱在民间。送公此去归乡国，赢得安便药驻颜。

其　三

整顿归帆下水舟，潞河夹岸柳丝抽。和光满目莺花丽，清兴盈怀云树幽。三辅衣冠怀旧雨，五湖风月访前游。悬知春信寻香雪，定有同心老状头。谓芝庭彭大司马。

其　四

还乡未必因乡水，浙嘉兴有还乡水。得退还推知退人。物外逍遥歌圣德，闲中兴味葆天真。一楼烟雨凭登眺，四面湖山供笑嚬。更喜德门添庆事，含饴昼锦弄祥鳞。时公初得孙，弥月。

答蔡瞻亭寄怀原韵二首

其　一

三十年前依帝居，论交心事两清虚。知君有意传家学，愧我无能读父书。壮志未酬惜病退，深情难寄觉音疏。闲中坐对燕山月，责善何人是启予。余不善治生，君每以俭用相勖。

其　二

每过漳州旧馆居，故人归去室庐虚。春明聚散非弹铗，秋水蒹葭是报书。万里云山凭梦幻，百年身世几亲疏。近来我益繁霜鬓，君病如何应告予。

己亥庚子两监文闱纪事四十韵

方当亥字年，越岁是庚子。圣寿跻古稀，覃恩遍远迩。眷念儒生艰，加科下特旨。令典布八方，老少咸奋起。邦畿帝之都，会归各莅止。余时领京兆，奉命叨任使。两次得监临，闱务需综理。临期听唱名，吁俊门四启。鱼贯入龙门，人材实济济。少者口犹黄，老者杖而跂。问年多八十，观光心尚企。寿考久作人，雅化斯臻此。诚为盛世瑞，不禁欣然喜。爰为记姓名，并为询乡里。历试风檐中，未见窘寸晷。三场虽克完，榜发名落纸。认取庞眉人，前科得八士。再搜文场遗，九老相逦迤。先后达吾皇，职分所应尔。乃蒙天子慈，赐名恩浃髓。同为乙榜人，并列贤书里。旷典出圣裁，于臣何有耳。谁谓诸老翁，结伴来私第。义理窃自明，市恩素所鄙。拒之外门墙，数四仍不已。念彼老耄年，往来艰步履。已甚不可行，聊为设酒醴。延入培荫轩，列坐总依齿。命儿暂主席，同年叙孔李。酬酢洽众情，赋诗备各体。又有联句吟，气味芳兰芷。细聆各篇章，无乃太归美。称谢兼致辞，争奈众诚矢。乃心固可嘉，当之增愧耻。重老又崇文，天恩则应纪。列序时与年，录之备官征。吾生值圣明，遭此亦幸矣。为语十七翁，皇帝锡尔祉。壮志虽未酬，晚岁终悦已。归告诸儿孙，世世须顶礼。

香山退直同杜凝台姜度香汪时斋三少司寇过普照寺看卧佛及娑罗树

下直欣逢新雨后，偷闲结伴过招提。到门古柏余苍翠，入寺番花供品题。娑罗树相传来自西番，时花尚未落。慧眼不开心自照，金身长卧性无迷。坐观云树青岚外，不尽芳华日又西。

壬寅八月奉命赴热河伺候秋谳九日赐饭山庄如意舟之延薰馆恭纪

离宫塞外久相传，今日初瞻景物妍。丹叶绕山松点翠，红桥隔水竹藏烟。亭台缥缈蓬莱岛，楼阁参差兜率天。引入延薰分翼坐，玉皇特地宴群仙。

夏日金可亭少司农招同曹荠原蒋戟门两少司农姜度香少司寇李杏浦阁学马春榆观察郊园宴集和曹荠原韵四首

其一

招携何事上花台，时雨初收霁色开。庄比平泉依帝里，堂传绿野接蓬莱。红蕖立水无支蔓，紫燕翻风自去来。最是纳凉得胜地，柳阴深处好衔杯。

其二

地近城南旧草桥，出右安门五里，旧名草桥，近改为石梁，两旁刨成通渠，岸柳成行，园与之接。桥边杨柳绿迢迢。池添新涨宜浮楫，雨过微凉漫著绡。到此清华夸水木，坐来臭味过兰椒。园中雪藕盘中供，片片玲珑不用雕。

其三

堤外长渠堤内池，对池欢宴玉壶敧。荷香恰趁当风坐，笛韵偏宜傍水吹。酒劝碧筒豪饮足，歌传赤壁素襟披。是日，有歌前后两赋者，工商雅协、音韵悠扬。二难我自惭宾客，四美从君雅沁脾。

其四

淡云轻度雨余天，爽气迎人上画船。自喜黄鹂歌宛转，不须粉蝶舞蹁跹。西山列岫青来接，南苑平芜绿到前。独有谪仙新学士，老来情兴益超然。时杏浦阁学，年已七十，兴致最豪。

立秋日亦园小集次虞京兆即事原韵二首

其　一

一叶飘桐正报秋，小园风物亦清幽。城南地近云霞丽，郊外山遥紫翠浮。乔木旧留堂上荫，蓼花新向槛前收。晚来一雨添轻爽，虹衬斜阳天际流。

其　二

何事秋来别兴牵，金风荐爽五云边。时当快雨新晴后，人在冰壶玉映前。共把郫筒开笑口，谁拈花韵耸诗肩。不嫌革县督邮恶，好上闲亭醉月眠。

癸卯八月奉命赴盛京伺候秋谳九月初三日过抚宁早食徐氏园林和鄂虚亭先生题壁韵

其　一

欣承君命驾征骖，秋柳迎人晚绿酣。暂过山城来小憩，清辞满壁照青岚。

其　二

半亩闲园景色幽，赏花好趁月如钩。时月之三日。殷勤未敢留多住，马上频看雁阵秋。

其　三

主人一去谒金门，留得闲庭待客喧。寂寞海棠今吐艳，原题有“独有海棠甘寂寞，秋风秋雨老墙根”之句。繁花争出老来根。原题是甲子秋日，今岁次癸卯，余寓园中海棠所开甚夥，此中海棠亦开数花，似有争艳之意，亦奇矣。惜虚亭未见耳。

其　四

花木盈前水石遥，深沈庭院远尘嚣。明窗净几摊书处，好听秋声雨滴蕉。

其　五

深秋未见冷侵衣，和煖风光兴欲飞。差喜停鞭得妙境，会心端的有真机。

其　六

为进晨餐暂下车，空廊花影短帘疏。只因驿路催人急，去后还思再造庐。

山海关

宦游曾到临洮府，今喜东过山海关。延亘西看城堞绕，苍茫南望水云还。由来守险推仁德，何事劳民任佞奸。此日荡平归盛世，祖龙空自费图艰。

澄海楼观海

其　一

昔年未上蓬莱阁，澄海楼南岸即蓬莱阁，曩出使山左，历青、莱二府，特未到登州郡耳。今日欣登澄海楼。浩荡信知无地载，弥漫只见接天浮。三山远隐神仙宅，一叶轻扬估客舟。纳尽江河水万派，洋洋终古不增流。

其　二

驰驱周道暂偷闲，乘兴登楼到海湾。近岸渔舟出复没，排空雁阵去仍还。适见雁飞未还仍复飞，回想海阔未能一翅越耳。却观信是难为水，高眺居然可作山。远望水中，青苍绵亘，势如长冈。一色镜平波敛净，君王仁圣奠尘寰。

恭和御制澄海楼题壁原韵

纵日临杰阁，淼淼望东溟。涯涘从何极，随潮见亏盈。一碧亘万里，连天接苍青。荡漾波不扬，君圣世泰亨。到此得大观，恍如登蓬瀛。万派此归宿，相与庆宴清。

姜女祠

雄关山海两争奇，姜女寻夫旧有祠。自矢贞心全节义，谁将苦貌愧须眉。祠中塑像愁容泪目，俨然望夫之形。千秋遗憾留荒冢，几处传芳写妙词。山西路安、直隶古北口，皆有姜女祠，名人多题咏，以纪共事。孰真孰伪，讫无论定。圣主一言昭万古，秉彝公好不须疑。皇上御制诗有“长见秉彝公懿好，讹传是处也何妨”之句。

锦州道中即事

回首出关第几宵，细将途路说迢遥。后前中所城为壮，小大凌河水自饶。中前所、中后所、小凌河、大凌河，皆途中经由之地。尽有荒原休战马，尚多沃野获良苗。时正收割。居民又道天桥厂，闽广帆樯举手招。锦州城南五十里，有天桥厂临海，为海船停泊之处。

广宁途中望医巫闾山

广宁欣揽辔，高耸一山青。岪嵂云堆嶂，嵯峨石叠屏。雄名尊北镇，奇势俯东溟。拥卫金汤固，神功永效灵。

途中九日用杜工部九日宴蓝田崔氏庄韵

乘秋策马壮怀宽，到眼风光不尽欢。嗤彼几人嘲落帽，喜今多士庆弹冠。时勷理文闱，甫毕，即起程东来。黄花香喷金风老，塞雁群飞玉露寒。漫把茱萸频劝酒，紫山丹叶此间看。

盛京恭纪

得瞻形胜喜成谣，雄壮天然匪琢雕。西枕巫闾山作镇，南收沧海水为朝。民风尚俭人敦朴，禾黍如云土沃饶。信是丰京兴盛地，万年基业仰神尧。太祖高皇帝，天命五年克沈阳，十年迁都遂基，启万年之业。

九月十六日随驾恭谒福陵

月色初偏参正东，早看仙殿启帘栊。瑞烟缥缈笼金顶，佳气葱茏护闷宫。一代嘉谟推圣德，万年鸿绪颂神功。隆恩门外，左右列圣德神功坊。忝随拜跪窥诚敬，追远频繁礼意崇。

赐宴大政殿恭纪

礼成特赐宴群僚，大政班仪视早朝。是早，在崇政殿朝贺。丹陛近臣歌喜起，时有喜起舞。玉阶仙乐奏箫韶。趋跄人是貔貅队，列坐身依星汉霄。酒食频颁仍赐锦，天恩忝拜感同邀。

赐蟒衣一袭恭纪

喜起初从赐宴还，又传特地宠恩颁。得赐名者十九人，除御前王公、军机大臣外，惟大学士三宝及季堂二人，实特恩也。锦章灿烂星辰近，藻采光华霄汉间。被服增荣叨圣泽，趋承多幸荷天颜。每逢异数添惭赧，报称无能鬓早班。

谒北镇庙

其　一

广宁城外平山麓，镇庙巍巍气势庞。碧殿琉璃辉斗极，灵威赫濯万山降。

其　二

煌煌栋宇费雕题，拾级参神星汉齐。拜罢绕廊寻古迹，从人争报夕阳低。

其　三

古松盘屈护山门，半见青葱半槁存。院内古松一株，势若盘龙，西枯东茂，莫可记年。一木两枝分妙运，漫将寒燠费评论。

其　四

东山石与西山石，空洞崔巍各斗奇。庙后山院，东西各突一石，东石高耸可远眺，西石空洞可伏行而过。造化天然留胜地，纵观终古不能移。

夷齐庙

千古夷齐庙，孤城傍水滨。庙在孤竹城内，滦河之阴。求仁甘让国，重义拼轻身。薇蕨当年采，烝尝此日陈。清风起顽懦，宇宙净无尘。

答星桥舍人扈游寄怀元韵二首

其　一

多情郑重记前游，雁字南来过几州。都下十年今小住，吴门三载旧勾留。别怀诗寄花如雪，衣锦人归月满楼。星桥居楼之名。盛事秉春得放眼，高歌此日莫悲秋。

其　二

江东风景忆经巡，香雪曾看不染尘。昔日宾朋成底事，只今云树是前因。酸咸嗜好原多别，冷淡知交自有真。买得丰台花满壁，故人何处对良辰。

出都日口号

清和天气出都门，绿树阴浓村外村。到处禾苗真绣野，几家积贮是云屯。村村有秫秸、秆草堆积，因去秋有年也。雨膏惟乞三霄沛，时久未雨，民多望泽。蟊贼须防一种存。行遍纵横阡陌路，夕阳又衬晚烟痕。

途中即事

绿畴盈野长新苗，妇馌夫耘各见招。辛苦胼胝劳手足，昨朝才罢又今朝。

途中喜雨

乌云天际陡嶙峋，霡霂移时净浥尘。一自天恩沾被后，青葱禾黍正添新。

过苑家口木桥

三十年前此地游，满天霜月一扁舟。庚午冬尚未补官，暂住固安县署，曾至此驾小舟夜下天津，今已三十五年矣。红桥接渡仍如昔，逝水何曾有旧流。

寄寿蔡瞻亭侍御七十时瞻亭已告归里居二十年

其　一

三十年前笑语陪，心如金石品如梅。承家德业学无忝，报国谟猷志未灰。桂苑传芬新雨露，时其次子，蒙特赐举人。兰阶衍绪旧栽培。欣从北斗瞻南极，好倩麻姑进绿醅。

其　二

古稀天子正当阳，百辟咸沾苇禄康。在昔相观头尚黑，而今漫道鬓如霜。绮筵应羡葡萄美，君昔日在京，常言在家则思食马乳葡萄，在京则思食鲜荔枝，每以不得兼收为怅，今寿筵宏开，当必以葡萄为美也。仙醞还推荔子香。盛世逍遥开寿域，梁山千丈引年长。君家居梁山之侧。

秋日金可亭大司空招游尺五庄次陆丹叔少宗伯曹莽原少司农韵

其　一

尺五城南地，名园屡见招。春花他日傲，秋色此时骄。桥占裴公午，池开王母瑶。暇休得四美，宾主各嚣嚣。

其　二

入园秋气爽，举手挹西山。水静鱼吹浪，林青鸦点斑。晴空云白敛，胜地日多闲。夕照螺峰外，谁家堕马鬟。

其　三

夹岸围芦荻，潜通活水深。刺船不用楫，栽竹自成林。俊逸平原唱，丹叔首唱。清新子建吟。莽原次韵。二难推胜事，独我愧知音。

其　四

偷闲方雅集，何事夕阳催。往复知难住，流连未忍回。暂停船上桨，权放手中杯。乘兴期重会，春风拂面来。

中秋后一日寓园小集答陆丹叔少宗伯韵

其　一

轻凉佳节后，雅集有高朋。气共冰轮朗，神同秋水凝。唱酬欢主客，谈笑会才能。但得时投辖，何妨岁月增。

其　二

结庐依帝里，风景自清真。池水围如带，兰言佩在绅。一朝偷胜事，终岁几闲人。秋日晴光好，休辞面色春。

甲辰秋日奉命赴滦阳恭伺秋谳出德胜门途中口号

去年此日朝阳道，今岁今朝德胜门。晓露迎凉催塞雁，暮烟凝紫入山村。云屯春种耕多获，翠压秋苗麦有根。承召载途瞻岁稔，得勷谳典总君恩。

谒龙潭

潮河南岸神龙宅，祀典新颁表石湫。沛泽每沾千里润，昭灵时应一诚求。山藏胜境通明相，水有真源自在流。拜罢纵观仍策马，青松丹叶两悠悠。

山庄九日寄顾星桥

上塞重阳节，山庄锦绣围。四面丹叶、青松，错落如锦。昨朝宿雨重，初七日夜半雨至，初八日巳刻始晴。今日晓云飞。紫蟹嫌多瘦，黄花爱不肥。舍人何所事，秋兴莫相违。

扎什伦布庙歌用杜工部昔游诗韵扎什伦布庙，译言须弥福寿之庙。

下直了公事，闲上般若台。望中森壮丽，式规后藏来。抠衣瞻妙相，拾级路盘徊。同登欢喜地，四面云山开。高楼接玉宇，崇峦小天台。曲廊通复道，缔构巧匠材。辉煌见金碧，璀璨日昭回。神龙守杰阁，永杜恶风颓。庄严丈六身，琉璃绝轻埃。威赫降魔杵，清净玉莲杯。香花散烟雾，氤氲气佳哉。大众共顶礼，岂乏卓越才。就中蒙古部，望尘跪莓苔。西番旧羌戎，稽首乞矜哀。圣皇抚四夷，假此龙象媒。摄彼尽皈依，输诚无嫌猜。祥光覆秋菊，和风速早梅。到此极乐界，何用羡蓬莱。

开复顶带恭纪

负疚经年每自煎，不徒素食日拳拳。称平未信寸心殚，妥协何期俞旨宣。睿鉴至明斯至允，鸿施无外亦无偏。顶恩戴德修臣职，慎戒前非免后愆。

途中接星桥舍人寄怀元韵并崇效寺看菊之作依韵和之

远寄秋来兴，开缄思黯然。君能欢雅集，我未会时贤。古寺僧藏菊，离情日作年。归时一尊酒，相与话镫前。

哭次女

其　一

忆从上塞回家日，为我归宁笑语迎。底事未几人已杳，一帘花影隔前生。

其　二

生来父母阶前玉，嫁去翁姑掌上珠。一旦音容成永诀，慈亲何以慰桑榆。

其　三

膝前归去甫经旬，前月廿七日回后，初七日即故。忽尔痰生便丧身。最是伤心堪痛处，那无一语别双亲。

其　四

私喜娘年周甲子，安排曲宴计归时。订初八日归宁。谁知未了中心愿，七日前头是逝期。

其　五

姊妹分衿今七载，弟婚方定隔年春。他时欢聚偏无汝，应不灰心委化尘。

其　六

体弱每劳亲护惜，心强偏喜自撑持。孤魂此日凭谁恃，慈母慈姑总系思。

和保励堂同蒋戟门两司农通惠河放舟喜雨即景元韵

其　一

侍郎才子压樊川，捉笔酣歌落纸烟。细雨柳阴中放棹，绿畴盈目咏丰年。

其　二

榴含丹蕊烟凝柳，带雨偏来李郭舟。到眼风光成胜概，平川新放碧波流。

又和晚晴月下返棹元韵

其　一

雨湿浓阴晚翠稠，长河景物正清幽。归舟东下无烦暑，快若乘风爽若秋。

其　二

河流初长漫波声，入夜鱼罾带月明。仙侣同舟归去晚，好风徐送锦纹生。

和刘石庵冢宰谢赠洮河石砚原韵二首

其　一

曾过天山问旧碑，临洮城外数经之。浮来水面石难得，洮石以浮水者为佳，然不能得。采自河中砚可为。前出端坑传古质，洮砚出端石之前。漫同歙井论风姿。明窗净几供临帖，想见挥毫落纸时。

其　二

西去咸阳尽峻原，秦封周建莫相论。河穿积石收泾渭，山接昆仑辨艮坤。到处黎民营土窟，民多穴居，称之曰窑。几人甘雨润荒村。甘省地瘠，岁常苦旱，愧无随车甘雨耳。携来一片非师陆，磨涅惟期励智昏。

乙巳九月朔出都叠去岁韵

秋日晶莹秋气爽，又承召命出都门。才过巷舞哄哄市，便见衢歌处处村。获得千箱民卒岁，告成万宝物归根。年来屡次襄刑谳，宽大时时奉圣恩。

丙申之秋余换班扈从木兰偕荆星海出京道过三道梁见路中大柳一株盘屈菁葱婆娑可爱曾与星海坐憩其下今重经其地绿叶浓阴仍如往日时当九月他树皆有黄叶此树独无回首当日弹指十年而星海亦去世五载矣抚今追昔因有是作

先凋自古嗤蒲柳，此柳何缘老尚存。绿叶仍留初夏荫，长条不瘁晚烟痕。天施雨露原无择，物受生成各有根。顾此低徊忆往事，故人墓木应难论。星海止一子，甫六岁，不知能否封树，寡妇孤儿，深为可念。

重礼龙潭用杜工部重过何氏韵五首

其一

重礼龙潭日，光华仰御书。神祠有御书匾额。神祠结胜境，僧舍起精庐。山峻多潜豹，溪深少戏鱼。高峰森崒嵂，只许白云居。

其　二

洞水蟠终古，飞流瀑不移。石窝藏虎子，山半危石层叠，僧言下有空洞，名虎窝，时有虎在。寒木聚鸦儿。点染松枫叶，依稀雁鹜陂。幽情得胜畅，不复问东篱。

其　三

寒景朝暾上，三秋九月时。四围丘与壑，一幅画中诗。潭净留云影，霜繁瘁柳丝。到来清兴熟，岁岁此为期。

其　四

引兴乘秋日，三潭叠泻长。焚香拂石鼎，煮水点茶枪。一雨及时日，千村获稻粱。岁丰民自乐，差可告吾皇。

其　五

渡潮寻旧路，来往数经年。妙相排奇石，云潭响瀑泉。自从增祀典，无复虑农田。不尽重临意，秋光正皎然。

承德府九日叠去岁韵寄怀顾星桥舍人

又是重阳日，銮舆初罢围。青霜晓露结，紫塞暮烟飞。处处秋砧急，山山丹叶肥。登高忆往事，把酒与君违。

和曹荠原大司农通潞九日偶成兼寄怀元韵

其　一

露冷霜繁九月时，百花凋尽菊花期。长随辇路多清兴，暂别兰言有梦思。出岫秋云晴冉冉，横空皓月影迟迟。归来夜入瑶亭子，是日，扈从驻跸瑶亭子，荠原出见怀诗。郑重多情赠一枝。

其　二

相求相应不相猜，佳节开筵共举杯。南漕归帆千艘去，北仓剥运百船来，时潞河水浅，粮艘阻滞，荠原奉命起卸剥运，如期完竣，粮艘俱得迅速南回，特旨议叙。主宾畅叙龙山会，霞鹜齐飞潞水隈。怅我无从陪笑语，临风一望一低徊。

题杨椒山先生临刑前一夕谕两子手书后

碎衣用阵禾请窜童贯事折槛奇男子，取义成仁大丈夫。一息尚存犹手训，从容不计旅魂孤。

夏日送吉晋峤广文之任太平

其　一

黄金台畔相逢日，正是黄花欲绽时。清味乍投忽送别，好将榴火照离思。

其　二

洞天见说数华阳，秀发人文尽茂良。三绝郑虔推独步，凤凰池上待翱翔。

其　三

上国声华誉俊髦，广文从此荷荣褒。莫嫌苜蓿盘餐冷，教得英才也自豪。

答滇南学使曹定轩编修见赠原韵兼以寄怀

寰中五福自天申，窃喜遭逢雨露均。万里云霞咸捧日，三千条教尽含春。身随魏阙才贤侣，心系滇池蕴藉人。三载政成归报绩，箧中名士是南珍。

丙午九月朔出都再叠前韵

司谳又承君命召，征车速驾出关门。朝暾未上霜凝草，晚绿犹酣柳带村。一字横空排雁阵，万山币地护云根。庸材每愧毫无补，何幸年年奉湛恩。

重礼龙潭叠去岁用杜工部重过何氏五首韵

其　一

山僧守胜地，经岁少音书。载拜承君命，重来礼佛庐。潭上有龙泉佛寺。巢松无野鹤，戏水有神鱼。潭中时有游鱼，色如泥金。泉石诚幽僻，何人敢卜居。

其　二

山石苔犹绿，林泉镇莫移。迎人熟衲子，惊客野樵儿。又见新霜叶，还看旧水陂。闲情偏爱菊，思欲傲陶篱。时史怡斋同行，谓苍松丹叶之下再种菊花，高低灿烂，更胜东篱。

其　三

潭水由来净，非关九月时。寒山堪作画，秋兴总宜诗。物换年中景，人添鬓上丝。焚香仍拜祷，沛泽早为期。

其　四

山径经由惯，行来不觉长。神灵蟠水府，栋宇耀天枪。岁岁敷霖雨，家家足稻粱。勤民特赐祀，圣德迈三皇。

其　五

频岁来瞻礼，经过又一年。丰碑铭恺悌，叠瀑泻灵泉。红叶团松径，青沙渍石田。徘徊思往日，风景益超然。

和阮吾山司寇见赠原韵时吾山奉派随围。

召命欣承出帝京，邮亭载月数寒更。白云我共商钦恤，紫塞君偏扈旆旌。四十日中知已别，一千里外故人情。相逢相赠新诗句，心迹湛如秋水清。

和顾星桥主政寄怀叠前韵四首

其一

暂别都门出，迎銮上塞围。绕山红叶见，横岭白云飞。风劲弓尤燥，秋高马正肥。年年当此日，觐圣愿无违。

其二

晴空云敛静，天势远山围。早见舆梁接，还看雁阵飞。霜繁木自脱，菊瘦影能肥。九日无风雨，登高兴莫违。

其三

山庄避暑地，秋日锦城围。拥卫群仙集，回翔舞凤飞。磬锤特挺健，罗汉太憨肥。磬锤、罗汉，二峰名。胜日饶佳致，身违兴不违。

其四

别后方旬日，兰言寄到围。多情酬旧唱，逸兴发遄飞。未信吟诗瘦，何曾食蟹肥。约君归赏菊，百盏莫相违。

张顾堂司马出节孝家传索题五代单传三世霜守诚可播之声歌与余家七叶一线两世守节事约略相同余读之有感焉赋诗一首质言纪实工拙不计也

幼读柏舟诗，美哉共姜节。又读欧阳文，母贤子斯哲。今读张氏传，节孝堪比烈。君家本临醴，世儒光阀阅。五代苦伶仃，一线绵瓜瓞。先有谢孺人，心事坚金铁。遭时丧乱后，携孤求畛畷。鸣官反侵吞，督课慰劳别。童奴咸奋励，操作莫敢辍。家道日以丰，训子惟严切。守财不如散，一语明而决。子终以义闻，母实闺门臬。继有马孺人，志行尤皓洁。逮事两尊姑，靡不得心悦。亡何失所天，一子如萌蘖。代夫体遗言，上养下提挈。强笑侍姑嫜，搴幕暗酸裂。无心歌黄鹄，茹荼精力竭。井井管出入，臧获息狡谲。特特觅佳城，良人归墓穴。强邻暴孤寡，冒言是墓绝。孺人手抱儿，墓居泪滴血。乞与墓同存，甘与墓同灭。讼事得申理，峥嵘树碑碣。哀哀孤弱儿，一病便迷迭。良医袖手观，咸称当永诀。宗族有不良，觊觎同饕餮。孺人信天道，德门无轻蔑。栗栗护恤勤，孤儿幸成列。侍膝不远违，奉养日无缺。依侍卌年中，节孝成表揭。诏许旌门间，立祠兼绰楔。母逝子幸存，庐墓频莫醊。三年处其傍，归祠若羁绁。事死如事生，孺慕终身结。是母有是子，双清永不涅。见存石老人，与祖姑颃颉。教子授官政，时出听论谳。七十作七歌，心迹秋月澈。筵肴民脂膏，名言至理彻。司马素秉承，贤声遍两浙。天佑康健身，行看臻耄耋。我今述懿徽，使我动悲咽。我家曾大母，孀居亦遭折。我赖寡嫂成，七世传单孑。

与君愿努力，莫负壶内杰。

送虞锦亭大京兆予告归里

其　一

四十登朝八十归，君戊辰进士分部，今年七十九。恩光一路耀秋晖。自言衰老辞繁秩，岂为莼鲈恋故扉。千里邦亩春有脚，几年心事愿无违。君久言欲告。黯然此际难为别，翘首湖山远德辉。

其　二

特允陈情返里门，逍遥物外价难论。布帆稳趁江湖阔，鸠杖闲寻松菊存。君曾与千叟宴赐杖。矫矫逸群添鹤算，翩翩接武见兰孙。一堂冠盖今三世，仕止均沾浩荡恩。

其　三

辞别朝绅出帝京，行装犹是旧书生。余送行日，见君装书数十箱。曾陪笑语师儒雅，余先与君同事京尹。莫遣情怀送老成。林下优游叨圣泽，卿班磊落颂贤声。八旬万寿年庚戌，来祝先期走马迎。

和顾星桥寄怀叠韵四首星桥复和二首仍依韵答之

其　一

九日闲云敛，晴光照四围。情同秋月朗，兴共彩毫飞。

其　二

雅意频赓和，劳吟任瘦肥。归来重晤对，恰是二旬违。

蒙恩复还原品顶带恭纪

位窃六卿司寇重，庸材碌碌日遑遑。自惭奉职多愆谬，何幸承恩又宠光。似水臣心期莫负，如天圣德感方长。相将共语同僚属，诚敬还加十倍偿。

夜入古北口上南天门

平桥叠水出湾环，扈从归来夜入关。行到南天门上望，千镫夹道月衔山。

祈谷南郊陪祀迎驾入斋宫后退食敝寓和竹轩少司马韵

鹓班群侍迎仙仗，祈谷南郊载岁华。律转青阳光复旦，雪消紫陌净无沙。氤氲满眼炉烟袅，瑞霭当前扇影斜。日旰退归同一饭，不嫌粗粝过吾家。

送曹荠原宫保大司农告养归里

其　一

十载班联笑语陪，心师儒雅意无猜。何缘便作归乡别，孺慕黔娄继老莱。

其　二

年方强盛报君长，披沥陈情感圣皇。教孝作忠当代事，恩归衍福焕天章。先是太夫人八十大庆，御书“南陔衍福”匾额以赐。

其　三

特允告归全子职，又颁宸翰宠慈亲。时又赐太夫人“春晖衍庆”扁额。体情优老君恩普，孝治真教感庶臣。

其　四

直把朝衣作彩衣，堂前拜舞膝前依。母贤子贵承欢聚，雅咏循陔世所稀。

其　五

宫衔晋锡因能事，诗句亲裁眷注专。久舞彩衣邀帝赐，时特加太子少保，又赐御制诗一首，内有“祝尔久于舞彩衣”句。康强长此戴尧天。

其　六

斑衣膝下无高爵，昼锦堂前乏老亲。惟有君兼斯二者，圣朝今日见全人。

其　七

君母八旬归侍养，我无恃怙少何将。相看此际情多感，不为离群也自伤。

其　八

君臣遇合推恩重，朋友知交送别难。只冀无疆庆万寿，频来祝嘏藉盘桓。

题蒋戟门司农少年行乐图

其　一

红荷绿柳碧池滨，写出风流自在身。不必翩翩夸最少，至今犹是画眉人。时新领京兆。

其　二

属题曾记十年前，潞水盈盈共泛船。戊戌夏，奉命偕金可廷大司空，赴通办理囤麦一案。戟门时督仓场，曾邀乘舟同查粮艘，舟中属题此图。今岁丁未，始克报命。未若个中独领略，怡情物外自超然。

丁未钰儿成进士蒙恩改翰林院庶吉士恭纪兼以勖之

其　一

水有真源木有根，经传旧德是儒门。一时际遇成家庆，三世栽培荷国恩。

其　二

未读父书余忝子，克绳祖武尔为孙。文章事业原无尽，更待编摩细讨论。

其　三

强仕年登金殿榜，儿年四十。圣人亲选凤池翰。天恩自是因材笃，世德须思济美难。

其　四

叔嫂承家端赖郑，文章华国贵师韩。传将理学贻谟远，方为科名庆所安。

和无锡相国题彭芝庭大司马所赠画扇之作二首

其　一

由来文彦盛江东，仙杏栽云傍日红。黄阁丝纶传世美，御赐相国“韦平世美”扁额。绛帷先后坐春风。先四兄，雍正癸卯为文敏公典试河南所取士。小儿今科成进士，相国充读卷，取置二甲。精神老健堪称富，学问深沈足固穷。三十年来追往事，怡情感旧画图中。

其　二

鸿爪萍踪西复东，殿春开后石榴红。仙芝瑞结三霄露，庶类仁披一扇风。过眼云烟物易换，逢人凉暖事无穷。好将诗笔传精妙，留赠欣归掌握中。

丁未九月初一日出京途中口号三叠前韵

秋气澄鲜秋兴壮，又承君命出关门。黄花乍吐围三径，绿麦初萌绕万村。水净寒潭泉有脉，山排峭嶂石为根。连霄雨泽沾濡遍，初一、初二两日，雨泽连绵。正是吾皇浩荡恩。

重礼龙潭再叠前韵

其　一

布泽昭灵迹，常年大有书。苍松环佛宇，红叶点僧庐。入寺休罗雀，临潭莫钓鱼。惯看叠泻瀑，又得礼神居。潭侧飞瀑如雨，余来值秋暮，正潦尽时，清袭衣袂。

其　二

扬鞭登峻岭，日晷暂时移。寺僻无行衲，山深少牧儿。塞峰群拥岫，潮水自成陂。潭在潮河南岸山麓。闸木围僧院，何须羡竹篱。

其　三

连日霏霏雨，重阳节近时。廉纤非灌木，遮莫是催诗。坐对千畴绿，何妨两鬓丝。风光欣屡过，隔岁又相期。

其　四

旧路遵山径，泉流日夜长。僧门无棨戟，农户有禾枪。聊尔茹蔬菜，是日斋。非关饱肉粱。年年来顶礼，祈岁答吾皇。

其　五

举目清华在，依稀忆去年。不徒游胜地，特为拜灵泉。家贮盈仓谷，人耕乐岁田。留连无尽日，一度一悠然。

过三道梁见道中卧柳叠前岁韵

过此题诗又二载，婆娑无那至今存。飘飘不羡灵和迹，落落偏留上塞痕。长被天恩培老干，潜滋地脉养深根。往来驿路人如织，青眼凭谁仔细论。

山庄九日用高常侍重阳韵兼寄星桥

九日山庄景物华，四围霜叶笑春花。无边林麓依山麓，不尽天涯接水涯。菊绕篱黄时烂熳，烟凝塞紫日横斜。年来屡失登高伴，回首垂杨起暮鸦。

和嵩芨棠詹事泺阳九日看菊韵

九日风光好，闲情爱物华。菊围陶令宅，书满邺侯家。高韵看翔鹤，幽怀任噪鸦。双清心迹对，丛影入帘斜。

江上歌挽万鹍程

江上清风江岸月，曾与故人江上别。一别历今十四年，塞雁江鱼通款结。底事音闻数月无，传道故人已殒灭。回首江流思杳然，滔滔一逝成永诀。忆君年少意气豪，襟期直比秋风高。矫矫铮铮不伍俗，腰弓挟矢学六韬。雄心可咽天山雪，壮志思效疆场劳。太平盛世四方静，息机改就文吏曹。吏曹铨得江南地，江河茫茫无限思。丞簿尉僚频转迁，微末之职清白吏。坎壈终岁饱风尘，落落未遂平生志。六旬有四谢人寰，寡妇孤儿洒血泪。无何老妻亦继亡，遗子有三口犹黄。哀哀苦苦手与足，失怙失恃凭谁将。殷勤寄语强近亲，保护莫教毛羽伤。思君忧君情无已，搔首叩天天苍苍。

保励堂司农昔与余同官江苏公事之暇偶寻名胜必有唱和今奉命参赞边疆驻扎科布多控驭俄罗斯抚绥蒙古诸部落闲情写咏追忆旧游远寄志怀长律一首依韵答之

姑苏台畔共奇探，香雪梅花往事谙。都护新名高漠北，参军旧望压淮南。吴船昔泛才人楫，宛马今供使者骖。不数风流羊叔子，多情吟咏忆湖岚。

和阮吾山少寇同李紫绶少寇圆明园下直过大树庵看海棠原韵

相将退直控丝缰，春色无边春昼长。暂放情怀舒眼界，为寻花木过禅房。千株嫩绿咸依沼，两树娇红不出墙。丽影长留清净地，怕招蜂蝶便无香。

六十述怀

其　一

忽忽行年今六十，不堪回首忆当时。双亲早逝哀何极，一嫂相依苦莫支。幸赖圣慈垂旧老，先君见背之年，特奉谕旨，眷念老臣，赐予荫生。窃惭孤陋洊台司。承家报国难无忝，空负光阴两鬓丝。

其　二

欣逢寿世人多寿，花甲初周尚后生。时冢宰绰信庵、少司寇穆恭庵，年皆七十九；大学士嵇公、总宪阿慎庵，皆七十八；总宪李杏浦七十六；玛少宰、诺少司农，皆七十四；大学士阿公七十二；大司寇喀静庵七十一；大宗伯德定圃，少宰谢金圃，皆七十；冢宰协办大学士刘石菴六十九；大司空金可庭六十八，鵷班趋值，鹤发随肩，仰见寿世作人之盛，诸公视余则后生矣。锦服章身萦彩戏，白云过眼感乡情。当年未得供甘旨，此日何堪设鼎烹。惟有斋心思水木，敢教行谊愧公卿。

戊申九月朔出京途中口号四叠前韵

年年奉召迎銮辂，几度都门又塞门。就日回看双凤阙，屯云环指万家村。山凝紫气三秋景，菊绽黄花二月根。到眼时光皆助兴，放怀高唱荷天恩。

再谒龙潭时潮水甚涨深不可涉临河而返三叠前韵五首

其　一

闻道灵潭上，新添御笔书。今岁夏初，赐御书“霈甘时若”扁额。祥光辉峻宇，佳气耀精庐。策马行看鸟，临河不取鱼。何期秋涨盛，阻我拜神居。

其　二

风景仍前度，星流岁月移。未能寻宝筏，何处乞吴儿。注念三潭瀑，凝神万顷陂。回车望彼岸，山木远成篱。

其　三

佳节重阳近，风光遣兴时。望中思古画，行处觅新诗。秋水翻银浪，霞天绚彩丝。莫言今暂隔，虔礼约归期。

其　四

茂林遥望处，山隔一潮长。涨水声如鼓，高松势若枪。看民勤稼穑，仅我愧膏粱。未得参神宇，星驰拜玉皇。

其　五

熟径原生径，来年是去年。水深难命驾，山远不闻泉。农事需灵泽，神功在福田。回鞭休怅望，有日乐陶然。

山庄九日叠去岁用高常侍重阳韵仍寄顾星桥

又侍山庄纪岁华，重阳菊放斗霜花。离宫丽景原无尽，上塞风光未有涯。比户砧声千样急，排空雁字一行斜。悬知逸兴寻高会，笑把茱萸看噪鸦。

题嵩山古柏图画

嵩高山畔嵩阳观，古柏婆娑迥不群。五岳居中推峻极，三株惟大号将军。柏在观东，本三株，一毁于火，其大者，石刻云“汉武帝封大将军”。相看黛色参差影，同带霜皮浅淡纹。信是托根依胜地，降灵长护万重云。

又题五言一首

维岳钟灵秀，偏生翠柏蕃。万株岩畔立，二老观东存。葱倩云连朵，离奇铁作根。展图时静对，贞固自成尊。

己酉九月出京途中口号五叠前韵

年年谳狱遵钦命，又度关城人道门。塞马贩行群结队，途遇贩马，自口北南行，成群结队。乡农迎赛会连村。时乡村多演剧谢神，诚丰年景象也。春花幸得成秋实，新叶还须养旧根。到处民人咸鼓腹，徜徉乐岁荷天恩。

九月过九松山寺次壁间崔拙圃尚书韵

秋来载道问前踪，云敛晴空此日容。潮水湾环归远浦，关山罗列拥高峰。诗留萧寺树埋玉，时拙圃已谢世矣。月照平川风入松。空忆当年提唱者，曾登九老与扶筇。拙圃曾入九老宴，赐杖。

恭和御制龙泉寺瞻礼元韵

潮河南岸山，有龙宅胜境。奉旨祷甘霖，洁心惟矢敬。焚香复长跪，敢以民命请。时雨沛然来，黻苗勃然整。效顺显功能，端仰圣诚秉。发帑焕旧祠，纡跸开新径。路转水回环，天空潭影静。銮舆道经时，山高地偏回。是日，驾自密云至此用早膳，迂回山径，行已经时。勤民古帝稀，酬礼亦逸等。昭灵咫尺中，何必侈鸿涬。水府深莫测，有源亦甚迥。肖像列森严，如生有欬謦。赐额答神庥，御笔清且挺。所祈得岁丰，保民无饥冷。奇迹群生钦，广济斯难并。祀典备春秋，密云具簿岭。奉旨命密云县，春秋致祭，载入祀典。水木虽清华，宸游非玩景。庙宇宜巍然，行馆饬当省。敷锡庆遭逢，微臣实欣幸。一言虔告神，普济须长永。

重礼龙潭四叠前韵

隔岁重瞻礼，去岁，因阻水未到。经年少报书。登山望神宇，举手指僧庐。草茂藏飞雉，时见野鸡飞入深草。溪寒隐跃鱼。有灵能润物，养性此湿居。水木清华旧，依然未少移。有僧招衲子，寺僧新收一徒。无妇育婴儿。远塞排青嶂，平川积翠陂。四围秋色里，红叶照霜篱。山径频来往，登高又及时。不贪元亮酒，惟爱少陵诗。月满潭开镜，窗疏蛛结丝。拈香祈岁稔，仍为隔年期。秋水潮河岸，霞天一色长。石林悬御笔，山怪避神枪。岁岁覃膏泽，家家饱稷粱。看民忘帝力，无复羡羲皇。求泽频施泽，祈年屡有年。绩昭千里润，灵发一泓泉。乐岁多余粒，荒原俱垦田。徘徊不尽处，非独景超然。

山庄九日再叠前用高常侍重阳韵仍寄顾星桥

遮莫春光斗物华，秋容老圃放黄花。登高作赋日重九，把酒敲诗天一涯。僧帽山头新月皎，磬锤峰外夕阳斜。前宵风雨催佳节，初七日，雨竟夜。鹊噪朝暾暮点鸦。

常山峪途中遇雪

扈从归来第二程，常山峪路石峥嵘。清尘密雨先期洒，载道层云入暮横。珪璧平填车辙迹，琼瑶碎踏马蹄声。雰霏更愿三冬足，瑞兆年丰惬圣情。

光山三台诗

卧龙台

与南阳之卧龙岗同，彼以高贤见称，此以形势得名。志云："矗起高阜，陂陀蜿蜒，势若蛟螭蚴蟉。"状可知矣。

冈名已久著南阳，此地台称亦炜煌。自具直形蟠辟野，不缘高士卧沧桑。痴眠终古非群处，珠抱当前岂众行。戏珠台在近。独有一泉号圣水，供民高处乐安康。

戏珠台

距卧龙台十里，自因两台相望，平野中他无隔碍，台形或如珠，可为卧龙之戏，故以戏珠呼之，必无故事可传。志云："西顾卧龙，东瞰清流，势若弄珠于渊浦，波光为之生媚。"亦是此意。惟图画则叠叠层岗，毫无珠形，或此台可为弄珠之地。抑台多卵石，若聚珠乎，皆不可定。今虽两意，咸赋之，究以未能亲考为憾耳。

突起平台号戏珠，卧龙相对正欢娱。攫拿不尽难藏颔，食啖盈前漫捋须。群聚若还同合浦，一堆成阜赛苍梧。由来大象无亏缺，星月凭人论满孤。

钓鱼台

相传为晋时孟嘉垂纶处。嘉，鄳县人，鄳即今之罗山县。吾邑西南至西北，均与罗山接壤，或此台旧属鄳县。嘉未出仕时常登此，抑或因邻邑，屡游其处，均未可定，此志所云其或然欤？余未得至其地。大抵是台近水可以垂钓，遂目之为钓鱼台。境地幽僻既远尘氛，山水清音又堪悦耳，自足为雅人游览之所。若必实指为孟嘉栖迟垂钓之遗迹，等于富春江严滩之钓台，则凿矣。况嘉为桓温参军，晋史列于叛逆，何可与严先生山高水长之风同日而语？又乌足为台之重轻而艳称之乎？

几曲山隈抱水隈，赚冈争说钓鱼台。闲耽野趣寻幽境，静听清音上碧垒。落帽自非纯节士，披裘方是出群才。莫将两地名同处，认作高风一样推。

光山八景诗

北台薰风

在邑城西北流庆山上，登其上南望，近则万家烟火，远则群山拱列，夏日南风尤能解愠，诚可乐也。旧名“台榭来薰”，台固不待言，榭或当年有之志。因见无榭而云，应系以实地，遂更此名，意义无伤，即定之曰“北台薰风”亦可。惜未能考其榭之原始兴废，为憾耳。

西来流庆为城堑，长夏凭高四望悬。一曲雅操歌舜日，万家弦诵乐尧天。湖分晴雨烟波接，邑有晴雨二湖，晴湖在东门外，雨湖在西门内。塔起尖圆市井连。邑有二浮屠，尖者在南关，无名，因形如立锥，遂呼为锥子塔；圆在东关外，名紫水塔，乾隆丙子年圮矣。风景因时成胜概，南山相对更悠然。

官渡清波

官渡河本《水经》所谓黄水也。自邑南百二十里，北流绕西，又东北流合诸水汇于此。其上游随地名称不一，因此处埠口，为自豫达楚省通衢驿站，设有渡夫，故名“官渡”，遂称为“官渡河”。北岸有楼名大观，俗呼为“望水楼”。余少时闻清波之说有二：一言其水四时皆清，虽盛夏大雨时，行潦水泛涨、波流混浊，而山水消落甚易，不一二日仍归清漾也；一言春秋冬三时，水多清绿不足奇，惟此河当夏雨泛涨之际，波涛浩瀚洄澜旋涡中，仍含清影，所以称景也。今志书不载其说，而志美于吴参议“江清云影波中见”之句，吴诗既言波中见，则非平流之水，必系水涨波翻而清仍见影，似乎后说有征矣。余居宅距官渡河不五里，又少时数数经过其地，常时之清，皆所目击，独未于夏涨诸水皆浊之时，一观其波之清与否耳？今离乡已久，年亦渐老，恐终未能究其实也。要之，邑南多山，城北多岗，他处之河多狭，惟出城南行至此皆平衍，而是河源长水汇为合邑巨津，一登大观楼则清流在前，绿畴盈野，而南山之奇峰叠嶂，青翠来接，诚大观也，则大观之景在是矣，又不徒诩其波之清耳。

城南咫尺当官渡，利涉无需问浅深。云影四时滦水底，天光一色映波心。青陂野墅千村聚，青陂畈里保，地名缘平畈广远，村民多筑陂塘蓄水灌田，一望青葱故也。志云：“青皮畈保，是未究陂之义，遂以陂为皮也。”彼岸慈航万众寻。对岸有禅堂古刹。试上大观楼上望，南山远黛翠来侵。

赛山樵唱

邑东、南、西三面多山，有名者固众，无名者亦复不少。赛山之名，不知是何取义。传有元人结寨于上，寨址见存，或因此得名。后人传讹以寨作赛，正未可定。州志作寨山自本此，县志以为误，不知何据，若无据，则寨赛皆可，不必争我是而彼非也。樵唱者，旧传山外人恒闻山中樵声，盖山深林茂，樵采自多，彼唱我和，行歌相答，则四山皆响，远观近听，诚足快目悦心，故称为一景耳。或曰何山无应声？何山无樵唱？何独赛山为景？答曰：余幼多山行，见有大山而无应声者；有山不甚大而有应声者；又有应声而无林木；亦有无林木而应声独响者。大抵山深谷邃，四围又群山环绕，始有应声，若有空敞处则不应矣。是山当是众山逼绕，无开敞而有空谷，又林木茂密，樵人多而歌声应耳，惜未能亲至其处，一听野音也。

峻岭危峰留寨址，深林绝涧有樵踪。高歌放响群山应，野调和声一笑逢。不必铿锵谐雅韵，自然叠拍惬村农。崖边星月溪边径，尽入哺含浩唱中。

沙窝夕照

志載，沙窝为东南之要会。余虽未至其地，而耳熟其名。盖吾邑四乡田亩，有东金、南银、西铜、北铁之称，以其肥瘠分金铁等，差以定其贵贱。沙窝乃金乡最上之地，山深林茂、泉甘土沃，尤为可称。故居民庶而多富，市集亦喧闹坌至也。志云："处四山之中，山青壁峭、高插云表，每市声未散，日下高舂返照，烟岚紫翠，绚然亦若登天姥峰诵孙绰见标雅句矣，则其景大概可见。"所谓窝者，当是言其山下水边沙之广而远耳，不必拘执窝子，而于窝中求夕照也。至建标讹见标，或操笔之偶讹，而校刻者未能详参考订耳。此著述之所以贵于雠校耳。

水抱山环带远沙，峥嵘石壁峭无加。斜晖炜炜开屏镜，落照煌煌绚彩霞。背却朝暾偏灿烂，对延新月也清华。居民安乐闲寻胜，岁岁相看未有涯。

五马秋云

五马山，志載，或曰山如飞黄腾达，昂首者五，故称五马；或曰昔有太守隐此，修道仙去，二说莫能明。余谓此当视其山形定之，如果有五峰昂首若马者，则前说有证，不必载太守仙去之事。若无昂首五峰即归之太守亦可，何必不加审视而存此疑耶？余未到此山，莫由辨其是非，俟访之邑人曾到此山者可耳。至言云而系之秋者，盖春云多青，冬多彤云，皆无可玩，夏云多奇峰，则处处可观。惟秋为白云，又为闲云，流转于青岚紫豁间，竖曳横拖、弥漫断续，青白紫翠，杂见叠出，可观可玩，故为景也。然秋山白云何处无之，独称五马者，当是其山高峻峭拔、峰峦青翠，而白云坌出，比他更觉可观。若徽歙黄山、西岳太华，以云海称奇耳。志又載，白云迷漫，四时皆然，言秋云举见，时言之也，若然则是。是山之云，四时皆白，异于他山，恐无是理。

雄称五马排青嶂，奇说三秋起白云。高曳轻绡围远黛，横拖素练带斜曛。弥漫岩下樵迷径，缭绕松梢鹤失群。此日闲姿春夏雨，无心出岫有时分。

三山夜月

俗名“三个尖”，在邑南微偏西，形如笔格，峭插云霄，最为高峻。其东悬流飞布，四时不绝。志云：“每暮霭苍然，群山方晦，而山峰已辉映晶莹，浮烟尽澈，见瀑布倾泻，空明中若冰绡银练挂青玉峰头，不殊黄海光明顶也。”余耳熟其景已久，志言诚为不谬，第憾未能一登绝顶耳。

峻矗三尖拥翠娥，夜珠冉冉复如何。飞来瀑布拖银练，看去苍苔点碧螺。辉映台垣天有象，光生蓬岛海无波。新残弦望皆先得，高处空明任啸歌。

郎畈春耕

畈者，平畴也。吾邑东、南、西三乡，凡山岗环绕之内，有平野村居者，多以畈名，如青陂畈、天塘畈、甘家畈、团畈、管家畈、何家畈，不止一处。宽者周围数十里，窄狭者亦数里至十数里不等。若不及一二里方圆者，即不以畈称，非指山，即因河为名矣。凡畈田俱有溪堰陂塘之利，山中之畈更多沃壤，而泉流汇聚，灌溉无虞，尤为贵。尚郎畈者，以古有郎官庄得名。志云：“在向清城保四面，皆山潭溪水，东西绕之。”已确指其地，以春耕景属之。又载，或曰城西天塘畈，非郎畈。郎塘韵之讹也，似又以春耕属之天塘畈矣。不知天塘畈四面皆土岗，俱辟土种植又无茂林，其中平田虽周围约十数里，而土多瘠薄，仅一长堰蓄水，亦时多渴竭。余祖茔老居俱在其地，且有祀田数十亩，少时往来不可胜数。方东作之时，与他处无殊，初不见其景之为可称也。以郎讹塘之说皆采访者，未能考其实而意度之，自以存其疑耳。

四望春山罗一畈，郎官庄地是膏腴。披蓑戴笠儿随父，携饭提浆妇馌夫。麦浪翻银风乍暖，秧针抽翠水平铺。农歌鸟语声相间，谁写田家好画图。

淮渎千帆

邑中河多浅狭，即官渡河稍宽深，亦只可通行竹排、小艇，若挂帆之舟，即时多阻碍。惟淮河自桐柏发源，流数百里经县境北，西自罗山，东达光州，约百余里。舟楫相通，上下不绝，登浮光山一望，则帆樯林列，去住于烟波浩渺之中，而中渡行人，过往之楫横出其间，实觉豁胸快目，故以为景也。此景虽近接息邑，第南岸属光多山，北岸属息尽平野，举首远眺，固不若登高俯视之广远，此其所以属之光山，而不系之息县也。千帆言其多耳。

桐柏有源直达海，浮光山外足奇游。剪波送渡来回楫，破浪扬帆上下舟。缆影频惊沙际雁，橹声时起水中鸥。南江河北兼清济，同是滔滔万古流。

登浮光山

即仆公山，山临长淮，南岸为光邑，西北尽境渡淮，则息县属，山下道旁石碑镌“东南第一峰”五大字。盖自西北太行、嵩岳，迤逦东南千有余里，皆平川旷野。至此，始见此峰，自此而东而南，冈峦层叠，至于峻岭崇山与楚吴两省相接，故曰东南第一峰。志称为邑之首山，是只解第一峰，而未明东南之意也。山有洞传为仆仆生炼丹之处，故呼为仆公丹洞。洞已久空，入洞不远亦累石塞之矣。余己巳年曾登此山，赋长律一首，未尽其意，今著其说并赋之。

此是东南第一峰，好凭登揽豁心胸。俯临淮渎千帆影，遥接嵩高二室踪。纵目烟村平野阔，回看云树远山重。当年仆仆生何在，丹洞空余碧藓封。

男鏻校刊

孙仁益正字

◎卷四　古今体诗一百六十八首

庚戌夏六月奉使山左出都途中口号

十载西曹心迹孤，又承恩命出京都。皇华驿骑催程站，绿野烟村入画图。尘土净知时雨足，禾苗畅若翠云敷。相逢若有前相见，霜雪多添鬓上须。

过新城王文简大司寇故里有感

诗社词坛旧主盟，至今人士仰新城。一时提唱风流歇，卅种遗编事业成。每坐白云思雅度，再来青野缅修名。余丁酉于役诸城，曾过此。愧无文笔追前躅，文简著述甚富，余则有愧焉，空有官阶属后程。

乾隆丁酉岁余于役青州宿昌乐县馆舍见壁有画幅旁无对句因书一联粘之壁比[1]年四十九岁今庚戌年六十二又以使事过此一餐时光迅速转瞬已十四年不意仍见拙笔因口占一绝

十四年前曾一宿，书联粘壁夜更阑。碧纱红袖休同论，拙劣仍留老眼看。

1　比，疑为“此”字之误。

题素扇画丹白桂花

写来丛桂间丹黄，两两繁葩似斗芳。持向掌中摇夜月，不须云外觅天香。

去日途中即事

其　一

山重水复路迢迢，过得长河几道桥。野店鸡声惊夜月，征鞍又上马蹄骄。

其　二

行尽青齐几驿程，居民处处笑相迎。细将年谷殷勤问，说到今秋可十成。

其　三

土壁茅茨围矮屋，浓阴密树拥高楼。眼前贫富安耕凿，只见年丰尽破愁。

其　四

男耕不解辞炎日，女织犹能趁绿阴。莫道夫愚妇有智，须知勤苦一般心。

其　五

古庙高撑夕照间，舆夫指点说牛山。斧斤伐尽当年美，只到而今长野菅。

平度州城北七里有紫荆山楼溪出其下明时州人崔廷槐曾卜居于此标列楼溪十景镌石立碑题诗十章各以堪爱字入首句见之志乘谳狱已竣雨后晚晴因偕吉少司马及从官祖舫斋丁琴泉同往访焉至则断碑卧荒草中字已剥落十景皆无可考遂登紫荆山远眺

经旬葳事雨初晴，余兴相携上紫荆。大泽北来森崒嵂，城北七十里有大泽山，崇峦耸翠，为一州最胜之地。劳山东峙特峥嵘。断碑空列楼溪景，故国犹传甯戚名。西关外有石碣镌“甯戚饭牛处”。最是风光堪喜处，秋成满目见丰盈。

又和祖舫斋韵

城北访楼溪，闲观物我齐。雨余新水涨，云散夕阳低。十景凭谁问，孤村任尔栖。至今堪爱处，只有断碑题。

平度州郭外见碑镌甯戚饭牛处又城西六十里见墓前双松盘踞蓊郁有作

于役历青齐，信宿到平度。胶水自南来，大泽巩北固。一碑揭郭门，甯戚饭牛处。饭牛歌三章，白石喻抱素。管子推其贤，齐侯置要路。九合虽无功，绩著理财赋。自古全才难，分任得展布。佐治尽所长，方足答礼遇。歌言非虚夸，表表传异数。山川应不移，斯人已久故。昔读饭牛歌，今见路傍墓。茫茫二千年，青青两松树。

自平度回程偕吉少司马祖正郎丁掌科麟道长广主政夜渡胶河即事

归骑自胶东，行行见胶水。源发铁橛遥，铁橛，山名，在胶州，胶水所出。流达沧海迩。去海口止六十里。新涨浪涌花，滚滚去甚驶。石桥淹没深，船艇绝素恃。木筏紫数椽，长广仅盈咫。奉命曷敢停，携手共上此。无处乞吴儿，且听齐人使。牵弄放中流，涸挽亦足喜。逆风激回澜，挤之得顺徙。对坐若同舟，笑谈溯郭李。摇摇至岸西，举步似登彼。先到有从官，相看各莞尔。回望人马屯，待渡群情跂。一往又一来，竟下夕阳晷。少焉月东生，朗朗照两涘。风静波渐平，金光水面起。灿灿闪锦鳞，叠叠铺霞绮。仰观玉宇澄，俯视诚淼弥。斗转夜更阑，浮送仍未已。天使尚羁迟，行旅可知矣。不求博望槎，穷河极万里。愿祈大慈航，普济众生企。

平度事竣回至济南杂咏叠丁酉岁前韵

珍珠泉

昔年曾此赏清涟，今日何缘又看泉。滚出琉璃仍串串，幻来星月总圆圆。依然泡影无终古，可奈深情有隔悬。十四岁中弹指过，且将新蕊漫烹煎。时得新龙井芽茶。

趵突泉

十四年中两度来，名泉重到自低徊。台星朗列池中见，济渎雄喷地底回。叠涌浪花千点雪，勾留驿使几枝梅。光阴任彼随波逝，对此还将笑口开。

历下亭

四望湖山天地阔，一亭风月古今开。当年文士赓歌盛，此日知交笑语陪。落落已无前度主，前次追陪唱和有李文骞观察，今已逝矣。悠悠仍在旧城隈。偷闲又得寻名迹，过眼烟光任去来。

望华跗注

秦中太华远迢迢，跗注分雄早见骄。不藉群峦结众嶂，自然独立表孤标。鹊山低处飞形伏，济水潜来润物饶。看尔仍前身渐老，那堪回首说江潮。余甲午年在上海看黄浦江潮，至今庚戌已十七年矣。

汇 波 楼

有客重登百尺楼，汇波仍是旧悠悠。万千人户环城聚，七二名泉绕郭流。**济南有七十二名泉。**南向泰山瞻日观，东从沧海问瀛洲。依然纵目无穷极，星汉湖光上下浮。

归日途中即事

其　一

来日晴旸归日雨，云连海岱万山齐。才过溪水翻新涨，又踏泥途没马蹄。

其　二

临淄本属泱泱国，前渡淄河见石沙。此际雨余山水涨，波澜澎湃竟无涯。

其　三

路过齐河入禹城，弥漫凭藉小舟行。刺[1]摇不若吴儿惯，夜半中流尚问程。

其　四

山东境地连瀛海，一路晴云带落晖。舟过鄚州登岸后，长途坦坦入邦畿。

1　刺，疑为“刺”字之误。

乾隆己亥岁宫保总宪拙圃亲家出天门扈从图嘱题碌碌未遑报命适拙圃致仕归里旋即谢世荏苒韶光转瞬已逾一纪今辛亥春日令郎树瑶四世兄谒选后捧檄出都题以归之兼志感焉

尚书老健貌清臞，扈从天门气象殊。早拥节麾推保障，晚持风宪树规模。腰弓据马神偏壮，觅句填词兴不孤。回首云亭陪侍地，何堪今日对斯图。

中秋后一日培荫轩小集次刘竹轩司农韵

昨夜微云掩月融，中秋阴云。晓看旭日映帘红。平分秋色心多壮，满座高朋兴不穷。快雨催诗欣骤过，曲廊迎客喜相通。窗前翠竹尊前绿，笑语从容臭味同。

庚戌出使滨州献县途中九日

初秋经过又三秋，九日重来景色幽。野水已消前度涨，前次由献县乘舟至河间府八里铺，今已消涸矣。驿程无藉旧来舟。闲云敛净霞天远，百木飘零万宝收。莫谓登高堪遣兴，驰驱周道是奇游。

滨州途中闻雁

旷野稀人语，长空忽雁声。嚁嚁天半落，历历眼前横。结字无歧阵，随阳不后程。来年春二月，又听尔飞鸣。

忆菊滨州无菊，因有是作。

其　一

满目风霜日，黄花正放时。只因来渤海，无处问东篱。想像清臞影，依稀淡雅姿。耐寒知可久，归赏莫嫌迟。

其　二

过眼春花艳，关心晚节香。徘徊空对月，遮莫是迎霜。杜兴凭诗遣，陶情赖酒偿。好将今日意，岁岁种千行。

答星桥顾员外寄怀元韵

其　一

城南尺五共钦崇，余与星桥共居一胡同。奉使重教马首东。夏间先有莱州之役。君有才称夺锦客，我无能愧济川功。西风阵雁萦离绪，秋水伊人绾别衷。回望金台依日下，诗情千里暮云同。

其　二

高驾輶轩众所崇，又闻野语到齐东。段干争说台为墓，龚遂谁言治有功。滨州属古渤海地，城内东北偏土台上有祠，合祀茅焦、龚遂，土人称为茅神台。西北隅亦有土台，传为段干木墓。按：段干木，魏人，即避地亦未能到此。开封西北二十里，见有墓府志，辨其非。断为北齐段子明墓，而土人仍艳称段干木。云茅焦谏秦王迁母杀谏事，固烈，与滨地无功。龚遂守渤海治最著，乃土人止称茅神台，而不知颂龚遂，是皆不考之野语矣。老圃淡容穿望眼，滨无菊，有怀菊之作。故交新句惬思衷。夜阑起看霜天月，朗映冰心两地同。

寄怀李香林河督即用所寄和希斋掌科元韵

忆别金台后，星光几度移。暮云凭去住，野马任飞驰。秋老霜风急，春深日景迟。年年思不竟，尊酒是何时。

武定滨州杂咏

其　一

州城僻处实荒凉，曲木斜撑起土房。内外居民三百户，数家小铺也铺张。

其　二

渤海旧传强悍地，谁将刀剑变耕牛。不思龚遂留遗爱，却向茅焦乞降庥。滨州属渤海地，城内有台祠龚遂、茅焦，土人只称茅神台，祀而祷之。

其　三

每逢四九日喧阗，城内逢四九日为集期。葱芥杂粮列市尘。绵布几摊兼线带，充庖尚有海鱼鲜。地近海市，鱼颇多。

其　四

粗布缝衣厚著绵，名为胖袄裤同穿。生平不解皮裘暖，只盼木绵花色妍。

其　五

雉堞全无是府城，居然人户见充盈。就中高矗石坊丽，传道文襄世德亨。府城石牌坊多壮丽，皆李文襄相国家所建。

其　六

一望平阳百里赊，绝无山岭可云遮。居民惯识行途坦，叱犊沿村使笨车。车轮高四尺余，木辕箱皆粗厚，驾以牛，较常行车大而且笨。

其　七

茫茫碱地白如霜，也事耕犁遍种粮。大雨无妨小雨怕，沈浮春夏费评量。碱地亦多种麦，咸称春夏间大雨应时，则碱气下沈，可冀有收；小雨不时注，则碱气上浮，即害苗不秀实矣。

其　八

凋残杨柳傍乡村，松柏苍苍绕墓门。最是枣儿堪食货，纵横林列价难论。树木杨柳居多，墓所则专植松柏，惟枣林遍野，以其可食可货也。

其　九

村村秫秸作篱遮，妇女排看使者车。结束浑然安本分，不知装饰有铅华。

其　十

地广犹贪播种多，不容沟洫转流波。一时积涝无消路，徒叹天年唤奈何。地宽种广，全无沟洫，道傍官沟非耕种以塞之，即填筑土埂以便行车，遂致流水不通，岁多积涝。愚民只顾目前之小利，而不虑常年之大患，诚可叹也。是在牧民者，善以导之耳。

其十一

未消余水绕柴门，生计无他赖恤存。幸不转移离故里，天家截漕有新恩。沿途多被水之区，幸赖抚恤得无流离。近又奉旨截漕给赈，灾民皆得所矣。

答和希斋掌科送别元韵

其　一

同承使命平反重，共向滨州暂寄身。倏忽离群分去住，莫思来路是三人。同行为穆精阿小司寇和希斋掌科及予三人，希斋有巡漕之，命留赴济宁。

其　二

殷勤此际惜分歧，郑重多情感后期。已为芝兰歌易别，定缘琴瑟赋轻离。

辛亥八月二十八日奉诏赴热河伺候秋谳六叠前韵

去岁逢慈停谳典，去年八旬万寿，特旨停勾。今年承诏出边门。绿阴未改千行柳，绣野仍环万姓村。晓露凝时澄水脚，暮云平处失山根。依然民物看熙皞，又贺丰登戴圣恩。

重礼龙潭叠庚子岁韵

山势久森雄气象，石林仍卫古龙湫。昭灵效顺神多感，保赤勤民帝有求。万壑千岩连塞嶂，一泓三叠入潮流。乘秋又遂拈香愿，策马回思往事悠。

九月朔过王家营小憩道傍古庙次管松崖漕督铁石斋宗伯和希斋阁学粘壁韵

其　一

九月秋高爽气清，暂寻僧舍得闲情。水无曲折难为势，山不雄奇莫问名。松崖原唱有"问僧不知山"之句，要之，塞外山多非甚雄奇，皆不传名。寺外纷纷车辙迹，殿中寂寂鼓钟声。细看前后题诗客，南北分驰各有程。

其　二

秋来玉宇正澄清，逸兴闲寻物外情。神有威灵合塑像，人无德行愧浮名。山松未改长年色，涧水仍流旧日声。过客停云凭去住，前程到处是归程。

九日赐饭山庄之如意舟延薰山馆曩岁壬寅曾奉命入侍恭纪长律二首其次章止记画舫兰桡天上坐回兰桂殿月中看一联余失录存今又承恩因足成之以纪异数

传宣九日赐朝餐，趋侍平明露未干。画舫兰桡天上坐，由烟波致爽后，登舟至回薰山馆。回兰桂殿月中看。依然丹翠环山馆，信是肥甘出大官。是日，食羊肉汤饭。仰荷圣慈惭忝窃，载承恩宠庆多欢。

又叠壬寅年前韵

侍宴钦承帝命传，山庄重九日暄妍。四围锦簇秋林色，满座香凝宝篆烟。渥饮醍醐沾圣德，近依霄汉奉尧天。紫薇垣内台星列，尽是通明殿上仙。

山庄九日仍叠旧韵寄顾星桥员外

九日无风雨，晴山作带围。接天霞骛起，极浦水云飞。爱菊偏宜淡，题糕不问肥。登高叨侍宴，是日，传赐早饭，亦谓之登高宴。把盏与君违。

同达斋玉少司寇自承德府至广仁岭途中遇雨偶作

褰典经旬今又回，扬鞭并辔到山隈。纷纷黄叶迎风落，片片乌云带雨来。几阵廉纤尘土敛，霎时霁照夕阳开。吾皇銮辂明晨出，清洒先期绝点埃。

过广仁岭恭和御制元韵

凿开高岭赖恩施，勒出丰碑仰睿思。一道同风咸戴日，八方平政总乘时。五丁蜀道功非异，大禹龙门绩未奇。利济万年归坦荡，少无跋涉老安之。

过古北口叠前韵

峻岭悬崖雉堞环，重城夹水锁雄关。只今中外咸归极，保障何须万叠山。

阅县志读东坡游净居寺诗因次其韵

忆昔上此山，驱马复抠衣。入寺礼庄严，出寺坐翠微。群峰拱妙境，地僻无尘机。结庵始齐僧，赐名显神威。我别四十年，久与此山违。回首望苍茫，山鸟自鸣飞。今读坡仙句，想像云烟挥。大苏小苏间，两山名。一篇诚增辉。名山多僧占，斯言信不非。春花与秋月，香烟杂岚霏。四时景物换，山灵有凭依。安得长住宿，旦暮看云归。

题宗子鉴泉先人手书制艺卷

百行孝为先，大孝在继述。莫有后启人，前民终泯没。韦氏世象贤，桓家传芬苾。两两史册光，千古高贻厥。吾宗有令子，峥嵘见挺特。鲤庭幼禀训，高明赖柔克。无何失所怙，孤孑心悲切。独矢琢磨工，百炼绕指铁。积学绍先人，有名斯有实。一举捷南宫，秋曹分禄秩。趋事耐勤劳，矜慎顺典则。出守到江南，转朗苏台月。板舆奉慈亲，承欢无少缺。放暇得余闲，仍理旧缥帙。检点经笥中，忽得先人笔。试艺冠前军，评陟周而密。于时试者谁，葛山老元弼。文字荷遇知，感叹颂先达。捧诵忆当年，痛伤早摧折。忽报元老来，假满还凤阙。守土应趋迎，刺[1]船通请谒。接坐聆谈言，礼待殊有别。次日怀艺呈，道是先人墨。元老读之终，发词多喜悦。拔置凭奇文，心赏非私昵。

1　刺，疑为“刺”字之误。

何意卅年后，又得重披阅。文章信有神，交道久固结。所赖吾子贤，前徽复发越。援笔记长言，付与传光烈。宗子受之归，装池期整洁。敬谨跋源流，饮声心泣血。斯事真可传，斯文长不灭。世世诵清芬，孝思见一节。我今展卷看，俯仰叹三绝。

和刘石庵进张文敏临坐位帖全卷原韵四首

其　一

争道唐贤得晋法，传来坐稿久无真。鲁公风节人如字，居士临池笔有神。石拓规模犹迈俗，墨花飞舞定超伦。缘悭恨未窥原本，路隔仙尘愧若人。

其　二

忠义铮铮万古传，便论文字也超然。鸿词宛转惟言礼，逸笔苍遒不取妍。蔡米苏黄差继后，元明赵董莫争先。由来举世多摹仿，敢问何人得造颠。

其　三

晋字名人匪一家，二王笔法更高华。鲁公得髓谁堪匹，司寇通神蔑以加。一气停云无少訾，百般精采不争差。右军能事今堪接，帝语荣褒岂是夸。

其　四

一纸能邀睿鉴收，石渠原不宝瑯球。淋漓想见精神聚，拙劣徒存瘠寐求。墨妙三希堪继勒，兰亭八柱可相酬。真为此卷遭逢庆，宸赏名高星汉流。

壬子春日过昆明湖东堤望万寿山次寿雪少司寇元韵二首

其 一

昆明湖接玉泉水，第一名泉天下知。今日堤边翘首望，湖光山色画中诗。

其 二

一色湖波漾绿漪，六桥烟景望中知。峥嵘最是延禧寺，曾诵鸿篇御制诗。

春日送驾回城同苏慎斋大司寇韩兰亭蒋戟门两少司农刘青垣少宗伯张寿雪少司寇过玉渊潭少憩却赋

朝暾初散翠微烟，送驾同归过玉渊。钓鱼台一名玉渊潭。在昔起台非利济，而今建闸得安便。钓鱼台，金章宗为游幸而设，地本有泉，自元明迄今，岁久成淤。每于夏秋雨潦，西山一带水涨之际，汇集于此，辄沮洳阻行李。乾隆三十九年，上命开拓成湖，仍立台以存其名，别开河引香山一带涨水归此，又建闸以资节宣导流绕城，以达通惠河。向来沮洳之地，今成康衢而民人安便矣。山桃放艳娇生语，岸柳萌金嫩作妍。

春色无边春水碧，湖光一气远连天。

题宋冢宰牧仲先生小照

曾到沧浪补旧祠，今从图画认丰姿。苏州沧浪亭有公祠塑像，日久祠圮，迁公像于南禅寺。余辛卯岁陈臬江苏，为补葺完好，移像归祠，又另建一祠于沧浪亭西偏，合祀汤文正公与公，各设牌位，署为“中州三贤”。迄今己酉及二十载，又复瞻公小像。大名遗爱垂江左，风雅堪为任子师。公以宰相之子推恩入仕，克自树立如此，几为任子者，当知所法矣。

题玉少司寇公余习射图

余力当年本学文，闲情今日更耽勤。峥嵘气概桑弧志，潇洒襟怀鸾鹤群。绩著楚吴敷五教，工精籀篆讨三坟。欣从能事窥心事，夙夜惟思继世芬。

夏日友人自闽省寄送素心兰二盆清芬袭人韵致淡远兀坐静对而不忍离时固始蔡仰斋在寓素精绘事为写友兰图并亦园小景因题短句

佳卉来闽海，清芬结素心。亭亭风际叶，落落水边林。淡喜梅同索，幽宜菊共寻。拥书成静契，思欲觅瑶琴。

壬子八月十九日奉召出京仍叠前韵

才过三秋寒露节，又承召命出关门。平畴禾忝初登获，野店鸡豚半出村。旭日无霜疏木叶，石泉停潦净云根。年年此际趋行在，常侍天颜荷圣恩。

望龙潭未得瞻礼又叠庚子岁韵

高耸层峦环翠嶂，石林深处是灵湫。曾承圣命三虔祷，只为民生一意求。山有蕴藏山更显，水能停贮水长流。只缘奉召难停骑，胜景遥瞻韵更悠。

石庵先生属题槎河山庄图即次其韵

其　一

傍海依山地，卜居胜洛滨。闲寻餐术客，静作读书人。雨露滋嘉种，烟霞护老椿。高风出尘表，乐此不忧贫。

其　二

海岱高门地，御赐句。曾经奉使过。丁酉岁，余奉命赴诸城审理冯子明控案。余官秋曹，公实为荐举，蒇事后亲至墓拜谒，惟未至槎河山庄，一瞻读书之锦秋亭耳。看山青未了，望水碧成罗。一径栖迟少，千村刈获多。锦秋亭畔地，空自仰松萝。

其　三

台上超然处，山屏马耳长。超然台枕县城马耳山，实当共，而槎河山庄在马耳山之外，故下云远舍。近城环绣壤，远舍接溟茫。地僻尘嚣静，林深草木香。不缘耽独乐，世业镇难忘。

其　四

山庄图画里，妙笔爪留鸿。云水思槎客，亭台缅钜公。松声延户外，花影入帘中。清兴足朝夕，悠游羡主翁。

其　五

一幅佳山水，吟题尽雅音。林泉欢道服，廊庙庆朋簪。济美声华远，传家世泽深。瓣香文正久，落笔更倾心。

前诗意未尽复题长句

海洋西岸泰岱东，琅琊古郡称雄风。东武一城据共胜，嵯峨马耳森屏风。扶淇西流入潍河，曲折转与北海通。云蒸霞蔚苍莽外，岚光树色烟雨中。山水争奇人物秀，高门刘氏族居右。九仙之麓槎河滨，世有别业递相守。草堂寂寂斋庐深，松菊绕门月到牖。书田菽粟一心耕，幽僻无营傲谷口。一园轩厂锦秋亭，清华满目芷兰馨。文正幼时曾居此，讨论典坟穷六经。立朝风采照今古，钟英岂徒笔砚灵。有园勿居是敦睦，平泉午桥非亲亲。唐生胸中有蹊径，下笔写图心手应。苍翠淡远各肖形，高低木石皆清润。百里风光尺幅中，麓台曾许称后劲。有此真境有此图，过眼云烟心不竞。我昔奉使到县城，展谒祠墓竭夙诚。槎河远在县之野，驰车未得窥轩楹。胜地虚过哲人逝，披图感我无限情。山高水长世济美，安得结庐作比邻。

癸丑暮春奉使乐陵按事三月二十九日出都叠庚戌岁韵

奉使星驰兴不孤，郊圻风景见清都。荡平归极长安道，葱蒨盈畴稼穑图。白堕柳绵春事尽，绿团村树夏阴敷。杨鞭几度催行骑，未觉年华转雪须。

自陵县德平至乐陵县途中即事

其　一

渤海旧多沙碱地，往年曾踏涝中泥。今来恰值清和月，喜见翻银麦浪齐。

其　二

到处村庄列土房，坦平屋顶作禾场。不愁淫雨多浸损，夏喜同登夜卧凉。

其　三

平野迢迢失远岑，村村绿遍枣成林。他时喜见连枝缀，此日都无叶底禽。

其　四

枣堪充食还堪货，不费耕犁不费耘。岁岁收来助谷麦，济民亦可息劳勤。

其　五

九河分派泄黄流，故迹淹填莫可求。惟有乐陵城外水，钩盘犹是旧经由。

其　六

小城三里甚荒凉，暂馆潘家四本堂。袁箨庵引朱文公训："忠孝为传家之本，耕读为教家之本，勤俭为治家之本，礼仪为保家之本。"院宇萧条门户旧，来禽石刻尚珍藏。潘氏家藏邢子愿太仆《来禽帖》石刻，尚在。

乐陵县谒许忠节公祠

其　一

凛然风节冠吾乡，烈烈铮铮史册光。策决寸心摧巨寇，公令乐陵，时值流贼刘七等作乱，诸州县多被屠毒。公督民筑城御之，又令城市居民于屋外筑墙高过檐，启圭窦，才容一人。选一壮者执刃伺窦内，又募死士伏巷内，贼至旗举伏发，窦中人皆出。贼大惊窜，斩获无遗，数犯数却，城获，全民得安。自古御贼保城者有之，若夫筑墙留窦，俾来者不敢入，在内者可以闻号而出，是则公出奇制胜之心策，非由师法也。乐陵士民至今称颂不置。义包身胆抗奸王。才兼文武时非利，气作山河命易亡。未斩宸濠终有憾，不图千古荐馨香。

其　二

旧治争传保障功，森森祠宇在城中。当年血染西江水，此日香飘北海风。二仲春秋登祀典，四时冬夏走村翁。二仲常典之外，士民仍私祭二次。拜瞻遗像低回处，公是中州命世雄。

乐陵虚心枣小而无核又名无核枣虚心美其名其实则无核耳

渤海沧瀛遍枣林，乐陵别种小沈沈。只缘无核人争贵，一号虚心我自钦。水土相宜充食货，接移有法任追寻。枣种以此接彼，初接核小，再接即无核。其法不知始自何人，移接他处，仍复生核，此则地土之利。莫专地利夸邻邑，终赖天恩雨露深。

蒙恩自避暑山庄颁赐鲜荔一枝恭纪

闽南鲜荔贡天家，一颗欣承拜宠嘉。囊绚丹砂团作里，肌凝脂玉嫩无瑕。擎来气味清脾腑，食去甘香沁齿牙。仰荷圣慈垂顾重，感慚心力益交加。

题修园主人行乐图

脱却朝衫，遂反初服。趺坐正襟，本来面目。行年知非，息机荣辱。无劳侍史，无烦披拂。不事流觞，不需丝竹。青松一株，覆盖若屋。流水绕前，耳后飞瀑。山静苔苍，草木芬馥。乐水乐山，仁智是淑。养心无营，怡情清穆。百八牟尼，随手转毂。念兹寸衷，自具金粟。非慕长生，莫言辟谷。悠然悠然，是谓抱璞。

题瑶华道人画九松山图

檀州东去万山重，苍秀迎人是九松。曾听涛声宿上舍，更因月色陟高峰。天开图画怡情远，笔夺神功泼墨浓。留镇山门传妙迹，何须玉带问芳踪。

蒙赐镶玉如意一柄恭纪

由来五福自天申，拜赐频沾雨露仁。久道化成推圣主，无边恩意浃微臣。家祥幸祭升平世，人寿先邀强健身。遂愿称心皆帝锡，惟将诚敬答枫宸。

甲寅春朝题顾星桥员外赠迎年集祉图

韶华岁转荐辛盘，梅萼松枝绿间丹。写上素屏簇胜锦，题来吉语馥于兰。春融化日祥光满，人庆丰年瑞景攒。清晏即今饶福祉，家家如意乐平安。

送王兰泉少司寇得告归里

其　一

新奉恩纶拜玉除，君今何幸遂悬车。只缘松柏牵孺慕，岂为莼鲈恋故庐。老病自言疏报称，圣恩特许解簪裾。从知三泖湖边地，秋月春花得所于。

其　二

忆昔西曹赋盍簪，同膺上考戴恩深。乙酉京察与君同邀，一等蒙恩简擢，遂各分离。君从滇蜀留勋迹，君曾从征缅甸金川。我向秦吴表素心。正喜重逢期共济，那知轻别便分襟。蓟门烟树松江月，两地闲忙各自吟。

甲寅奉使吉林正月十五日至山海关

新春承命驾辎轩，到此欣欣是上元。灯彩盈门悬百叠，笙歌沿市奏更番。月临沧海精神阔，山拥雄关气势尊。昔日边城今内地，升平人事闹阗喧。

山海关叠前韵

山连雉堞城连海，又见雄封古作关。云水万年分去住，星霜十度任回还。余于癸卯年过此，今甲寅已十易寒暑。当时兴作徒劳力，此日平成但诘奸。中外无虞归坦荡，盛朝安乐昔人艰。

和许秋岩上元山海关即事元韵六首

其　一

奉命星驰顷刻间，晓风明月送寒山。村村欢庆元宵节，镫火烘烘到海关。

其　二

新春歌鼓闹纷华，踏月人人醉酒家。惟有清心前侍御，行来坐对一瓯茶。原句"寒庭冰浸漫烹茶"。

其　三

太平鼓应太平歌，此夕镫花不引蛾。高搭锦棚豪斗胜，争如蓬荜月光多。

其　四

马首东来第五宵，长河几道水迢迢。行看镫月交辉夜，不问前途路尚遥。

其　五

疆分禹贡旧青州，曾记当年海上游。余癸卯年过此，曾登澄海楼。今夜月光明似水，碧天清映广寒秋。

其　六

待漏身依碧汉霄，屡承使命驾星轺。赓扬每自惭皋赞，好采方言入颂谣。

姜女庙叠前韵

千里寻夫事本奇，傍关犹是昔年祠。贞魂易化香埋骨，遗憾难消皱上眉。秦帝使民无惜命，圣皇崇节有褒词。御制有诗刊石。芳名留得堪风世，莫说讹传导众疑。

望医巫闾山叠前韵

山镇森雄势，依然未了青。群峰堪入画，一列若为屏。盘踞临东海，峥嵘障北溟。此来承使命，无暇再参灵。癸卯年扈从回銮，曾谒镇庙。

和许秋岩过广宁吊明经略熊芝冈先生元韵

党祸从来害不穷，有明门户亦何同。瞻徇败绩缘师弟，归咎回兵罪杰雄。应运真人方启泰，失时名将岂全终。仰邀圣主怜孤愤，特沛恩纶教世风。特诏求公后裔孙泗，先以布衣，官训导，擢县丞，诚旷典也。

夜出威远堡

昔闻威远堡，今出老边门。缘边彻木栅，界划隶将军。内属盛京将军，外属吉林将军。无分中与外，一统归至尊。轺车来暮夜，取道行艮坤。两山夹平川，繁星照碧痕。双镫引前道，坦坦任骏奔。冰桥流暗水，利渡稳莫论。夜静人寂寥，鸡犬闻村村。民户实蕃庶，耕获尽云屯。土沃岁丰稔，不忧饱与温。昔日强悍地，各自逞并吞。长白真主起，智力本天神。收伏龙与象，远近无勿臣。开疆建鸿业，锡爵授勋亲。薄征厚补助，爱物先仁民。即今安乐利，总赖圣皇恩。欣欣歌帝力，长享万年春。

叶赫河至吉林杂诗

其　一

棉花街过叶河东，叠岭平川一望中。强悍昔年徒抗顺，至今安乐颂神功。叶赫河是一大部落，最为强悍，我太祖讨平之，收入旗籍。

其　二

冈环水绕路迢迢，河结坚冰厚作桥。指点封堆行猎处，嘶风一片马蹄骄。

其　三

打牲仍是老围场，岁岁将军率旧章。教得甲兵娴射猎，精勤弓矢不安忘。

其　四

高峰远峙见崔巍，长岭迢迢送夕霏。行下岭头平坦处，人烟户户对山扉。

其　五

小孤山望大孤山，古木苍苍雪点班。名并西江缘特立，莫诬神女斗螺鬟。西江两山，有以大小姑名者，自是好事之诬。

其　六

馆舍家家炕火腾，窗迎春日两薰蒸。要知民户须温煖，门外寒冰尚几层。

其　七

一统河边百户烟，即益通河，俗称“一统河”，又名“易屯河”。衣儿门上十家廛。轺车夜到搜登站，斗转参沉欲晓天。一统河、衣儿门、搜登站，俱驿站，地名。

其　八

渐入崇山度茂林，观音岭上碧云深。是日微雪。行来欢喜前头望，观音、欢喜，土人所称二岭名。万灶江城是吉临。“吉林”初作“吉临”，后改。

其　九

一片城迎万叠山，吉林南临松花江，旧止东、西、北三面有城，江外则群山拱峙。松花江绕半城湾。天然形胜天然画，气象峥嵘万古间。

其　十

缘城不树长条柳，吉林山木最盛，都无柳，城之内外亦无一树。入郭江房架板多。人物殷繁山水丽，绿杨城郭又如何。

其十一

粮船战舰列江湄，尽属将军隶水师。更有威呼存古制，威呼，国语，小舟名，刳整木为之。刳来整木便民宜。

其十二

街铺厚木障途泥，苫屋围墙板片齐。信是山林常富美，斧斤亦应以时稽。

其十三

水深山广带平川，沃野无边尽垦田。耕种不虞逢俭岁，还将渔猎供肥鲜。吉林旧有谚语："棒打獐子瓢舀鱼。"近日人烟繁盛，虽非向日之比，而山鹿江鱼仍属易得，每岁冬仲贩运至京者甚多。

吉林十二韵

吉林兴盛地，船厂驻防城。山耸长年白，诸山皆自长白山分支。江流万古清。城临松花江北岸。唐虞息慎氏，汉晋挹娄名。永吉曾州治，雍正年间设永吉州，旋即裁改。率宾旧上京。旧志称唐渤海以肃慎地，为上京、辽率宾府，皆在吉林界内。昔时多战斗，今日乐升平。土沃川原广，泉甘草树荣。旗兵娴射猎，民户善锄耕。牛马沿村牧，豚鱼供客烹。细粱炊玉粒，粱谷米似粟粒，大而白，亦有黄青赤色。鲜品脍鲈羹。江鱼种类甚多，惟哲绿鱼四腮似鲈，色黑，土人亦呼为鲈鱼。谷麦无繁赋，参貂有薄征。岁岁放票采参，每票收参二两，余者听其自售。打牲人得貂皮，报官输税，每张仅收银四分。地寒留腊雪，天暖弄春晴。不尽风光美，欣欣见泰亨。

望祭殿谒长白山

殿五楹，在温德亨山上，距吉林城九里。志载，长白横亘千里，高二百里。奉天吉林宁古塔一带，崇山叠岭，皆其支裔，山去吉林城千有余里，层峦大壑、路径崎岖，人迹罕到。因于此设殿，岁时望祭焉。

峥嵘长白望迷离，只听灵钟造化奇。远若三山环弱水，尊同五岳峙潢池。接天峻峭峰峦秀，帀地绵延景物滋。永佐圣朝昭顺应，春秋时献万年卮。

坎卦台

乾隆五十六、七两年，吉林连次失火，延烧民居衙署，尽成灭烬。将军具奏，奉旨赏借造屋之资，于城北山上建坎卦台，对城南离方高峰，用水制火，以冀永奠生民也。

吉林回禄两为灾，圣旨忧民建卦来。从此坎离成既济，万家烟户乐春台。

长白山行

白山高，白山高，嵯峨峻矗摩碧霄。遥遥直上二百里，云腾只出山之腰。巅头罡风寒威冽，积雪皑皑无时消。横亘千里望何极，儿孙诸山伏不骄。深林大壑生香草，山产安储香草，将军岁一差遣官兵，采贡内府供祭。除却官兵人迹少。五峰环峙一门通，上有澄潭特窈杳。百泉争注汇其中，源分三江各浩淼。松花北流鸭绿南，爱滹即土门江东入沧溟岛。松花、鸭绿、爱滹，三江名。神秀灵钟天地根，峥嵘磅礴势莫论。云垂雾幕龙虎卧，五岳之外此更尊。游客休整登山屐，飞仙自眺扶桑暾。瑶光星映参苗茁，不数元圃灵芝蕃。蜿蜒西入尤整峻，脉络绵绵开昌运。兴京之开运及盛京之天柱、隆业各山，皆发脉自此。挺生真人造鸿基，戎衣一著乾坤定。盘踞雄奇镇终古，发祥昭应于兹盛。巩卫皇图忆万年，广大光辉圣承圣。

关东道中见新柳

去时杨柳浑酣梦，归日长条解醉沈。眉眼未舒春意浅，萌芽已动土膏深。青浮一气烟含翠，嫩出千梢色闪金。总为和风吹暖律，欣欣荣向绿成阴。

首夏奉使成安至保定宿莲池书院

前承使命三宵宿，己亥春日，同喀静庵奉差查审案件，自豫至直隶，曾寓此数夕。今奉纶音再度来。出水新荷方长养，团云夏木旧栽培。化成庶类须时雨，造就人文贵达材。我颂濂溪君子说，石桥亭畔暂徘徊。

和友人除夕小集元韵

除夕今朝退紫宸，归来小集启芳辰。辛盘荐岁惭甘脆，椒酒迎年愧旨醇。瑞雪已盈民户腊，卿云还绕帝城春。万家乐庆升平世，处处欢歌颂一人。

小除日同刘竹轩司农得赐荷包竹轩诗以纪之因次其韵

岁除又见启韶光，趋值常惭久荷囊。巧制不须雕玉珮，彰身偏得耀华妆。擎来天上云霞丽，捧到人间锦绣香。拜赐同沾新雨露，年年共戴圣恩长。

先宗伯蒙恩赐谥文良恭纪

其　一

钦承恩命巽重申，荣及先人逮后人。苦志读书邀睿鉴，究心理学荷温纶。在生已庆遭逢盛，没世尤沾化育仁。敢谓穷经今食报，仰蒙圣主念儒臣。

其　二

身后易名诚令典，何缘特旨遂私情。文因著述归经部，良以醇修表壮行。两字饰终华衮重，三生多幸子孙荣。未能继志传家学，长戴隆恩感愧萦。

其　三

书田经学旧贻芳，六十年来荷宠光。先君丙辰年见背，至今甲寅已届六十年。争羡褒荣奕世美，感怀风木寸心伤。只惭固陋难称肖，惟励真诚勉继良。传语儿孙须努力，国恩家庆两毋忘。

乙卯秋日迎銮至密云途中口号

经岁街衢看市肆，暂时郊甸望山岑。长城雉堞连高下，紫塞烟峦障古今。禾黍登场民有庆，鸡豚散野物无侵。昨宵几阵廉纤雨，只为清尘翠盖临。

次关晋轩阁学长至前一日同斋宿寺中元韵

精舍城南近，斋期好共寻。禅镫莹佛宇，朗月映冰心。岁岁初阳转，年年玉趾临。日长明日事，今夜领清音。

题张寿雪少司寇俯仰自得小照

千仞峰临万顷波，振衣高踞意如何。空明到眼开双鉴，安乐随心自一窝。静处息机无愧怍，闲中妙悟不偏颇。悠然默契思陪侍，只恐相将笑语多。

题四友图

青松挺贞操，修竹标劲节。梅蕊绽初春，莲花开六月。莲花似趋炎，梅花耐冰雪。未若竹与松，四时不改叶。四物各异宜，胡为相并列。要之梅与莲，非爱凉与热。秉气有后先，因时呈秀发。松竹固孤高，二花亦修洁。坐听松竹声，目击青莲茁。独梅不同风，瘦影扇中设。祛暑忆严寒，中心可通彻。南薰披拂间，携子共娱悦。

次阆峰少司马和程文恭公吏部藤花元韵

其　一

繁葩嫩叶绕虬枝，照耀晨霞映碧墀。未得凭阑窥艳影，好从唱和忆芳时。

其　二

文定文恭两伟人，后先名望镇难湮。栽培花草留余韵，二百年来老更新。

其　三

翩翩凤彩似联班，插架铨曹莫等闲。回首故园初夏日，紫云呈艳满溪山。吾乡山谷间，藤花最多。

其　四

新条旧干亦蜿蜒，劫火留余不偶然。应是托根依胜地，得将花色引长年。

其　五

一架当檐挂紫苞，相看时在夏春交。天边雨露滋培洊，袅袅高擎带嫩梢。

其　六

殷勤护惜上阶兰，不逐春风怯晓寒。心是怜才行爱物，也同桃李一般看。

丁巳题谭荟亭少司寇滇南抚琴双照

阜民宣政久歌薰，理性陶情暂息勤。自抚朱弦规旧制，漫夸绿绮斗新闻。会心不远君窥我，得意忘言我对君。我即是君君是我，玉壶冰映两无分。

题谭荟亭少司寇临池照

电埽公余归燕寝，抚琴才罢又临池。庄持敬体诚悬语，妙用精通子美诗。公书本《圣教序》，得瘦硬通神之妙。秃尽千毫笔作冢，化留万里口为碑。非图绝世夸多艺，凝虑清心是退思。

咏菊次刘竹轩元韵

三秋紫塞烟连嶂，九日黄花绣作堆。秀发春根滋露长，香凝晚节斗霜开。韩公老圃心惟爱，陶令东篱手自培。清瘦不妨输国色，高标雅称雪中梅。

过韩兰亭值刘竹轩先在兰亭留饮竹轩询问修闸事喜得其宜赋诗以纪因次其韵

几曾相订约先期，偶尔同过未后时。道有经权须达变，人无畦畛莫猜疑。到门秋色开三径，入座春风借一枝。暂共盘餐陪笑语，虚心何往不攸宜。

次吴香亭同赵鹿泉九日陶然亭登高原韵

登高应节对看山，愧我无缘共往还。云敛晴空霞鹜起，风生野岸荻芦间。同持茗椀耽清兴，不把茱萸拚醉颜。心自陶然神自逸，题糕落帽两无关。

题冶亭阆峰昆玉联床对雨图

人生有兄弟，斯可言至乐。读书爱友于，颂诗喜棣萼。展此联床图，欣羡增思索。忆自承欢年，趋庭两总角。携手入家塾，切磋咸舞勺。相将赴棘围，联翩看荐鹗。科第连郊祁，才华轼辙若。须知轼与辙，逊此同时爵。雁行排青霄，双凤巢阿阁。追随玉墀步，退归居处约。相对似忘言，两情融乳酪。一任风雨声，意气各磊落。友爱不替前，怡怡共敦朴。君家诚二难，我独一枝弱。髫龄失怙恃，手足无倚著。零丁只自嗟，四海欲谁托。看君埙篪和，俯仰无愧怍。愿君永此怀，长受天恩渥。

次张寿雪少司寇扈跸归途自寿元韵

秋日迎銮问属车，晴空云敛雁行斜。熙风人唱长生曲，胜景时开益寿花。七世旧恩传世美，百年新算纪年华。欣依北斗瞻南极，瑞霭氤氲未有涯。

戊午正月奉命出督直隶刘竹轩宜桂圃两仓场韩兰亭司农赠行一律次韵奉答

邦畿辅治本推贤，固陋何期宠命专。官职修为三字主，清、慎、勤。民生休戚一心连。须思表率先端己，莫谓师干可市权。仰报君恩酬友谊，原赠有"实心行实政"之语。只凭实力计安全。

奉酬星桥老友寄怀元韵四首

其　一

苏台携手上燕台，怀抱因时共好开。天际卿云承命出，日边锦字载春来。高楼伫月常教满，星桥居有月满楼。嘉荫当轩著意培。余居有培荫轩。回首旧游思两地，只今尺五隔蓬莱。

其　二

久从娄水养修翎，诗社咸推旧主盟。一举凤池朝染翰，星桥于甲午冬日随余入京，乙未即成进士，先任中书。频登虎观夜输诚。星桥奉旨修《明鉴》。清新雅韵邀天鉴，星桥代余撰千叟宴五言排律百韵，蒙上选。磊砢英才重玉衡。星桥屡分校礼闱。阁部回翔廿五载，每凭文笔颂升平。

其　三

奉命星驰顷刻间，承光高殿觐龙颜。白云自觉惭廉立，青甸何能起懦顽。翠羽加冠恩似海，蜺旌拥道重如山。惟将公慎酬高厚，元气须教万井还。

其　四

纪岁今经七十年，老来离绪向谁怜。思君气味酞如醴，念我情怀义薄天。谬拥百城惭辅治，喜将群彦咏薰弦。只期清跸山庄道，重上金台话旧缘。

自天津乘船至淀池阅堤喜雨之作

其　一

乌云密密雨如丝，望望田家正及时。麦已抽身资秀实，禾方出土赖培滋。真成润物无边泽，信是逢人有象熙。我向淀池堤畔看，短芦高柳绿参差。

其　二

由来春雨贵如膏，何意今春竟幸遭。初以无声潜霡霂，转成有脚肆喧嘈。庆丰官守宜加惕，望岁民心可息劳。端赖圣慈清庶狱，万家人户乐陶陶。

淀池舟行杂诗

其　一

三河头转淀池滨，野水茫茫莫问津。我使吴门驰马惯，轻帆如泛五湖春。

其　二

一望葭芦到处深，远堤烟柳绿沈沈。风帆行过杨芬港，入夜相呼听水禽。

其　三

抬头闻报到台头，争说离宫水外楼。山石尚存墙院圮，他年何以供宸游。

其　四

节方首夏时三月，好雨潸潸润物来。年谷顺成风景丽，推窗坐对笑颜开。

其　五

轻帆顺过莲花泊，踏藕人归落照深。恰似江南好风景，稻秧贴水出新针。

其　六

长堤千里护民田，涝水今同淀水连。我到断堤头上望，浸淹村舍若为怜。

其　七

眼中一片水汪汪，何处耕耘纳地粮。蠲缓并施邀帝泽，也须宣泄涸田场。

其　八

争说苏桥属老泉，愚民无考信讹传。须知公好原推善，只道眉山父子贤。

其　九

红桥苑口今三度，黑发苍颜雪鬓加。余自乾隆庚子至今，凡三度苑口。初年二十三岁，继至甲辰年五十六，今已七十老矣。桥圮人能还旧式，人衰谁得转年华。

其　十

舟停特傍淀神祠，盥手焚香有祝词。虔祷安澜东入海，护民堤畔莫凌夷。

其十一

时闻小艇响丁东，淀池渔船有击铜钲者惊鱼，入网而取之。又扎芦城遍水中。百计取鲜充食货，只今何处信天翁。旧传雄霸淀泊中有鸟立水间，鱼来取食，不至亦不往，寻名信天翁。今则捕人多不见此鸟矣。

其十二

东淀水承西淀水，燕南赵北旧关疆。而今八省津梁道，坦坦时修不设防。

和刘竹轩司农元韵二首

闻雁

嘹唳声声到耳中，听来高下在晴空。唱随共戴阳和日，呼唤同乘淡荡风。清韵舒徐羞叫噪，好音依约叶商宫。久知南北飞鸣处，响应春秋岁岁同。

见雁

春归秋往自年年，又见排空度远天。结阵一行无失序，孤飞片影有因缘。乘时北向江湖外，应候南来耳目前。寒暑信能知避就，引人吟咏耸诗肩。

和韩桂林员外寄赠原韵

忽蒙新命下高雯，载道恩光丽景云。春殿趋承惭众彦，秋曹矜慎惜群分。物思甘雨随时润，民待和风拂面薰。身在畿南心恋阙，朝朝回首仰氤氲。

和金兰畦员外寄赠原韵

承恩载道匪埋轮，出作天家守土臣。千里黄图思郑重，百城赤子仰真纯。劳先敢矢心如旧，忧乐惟期气转新。知己尚须频启迪，莫教鄙吝愧青邨。

和熊谦山少司寇寄赠原韵

其　一

韶华岁岁耀彤雯，二十年来坐白云。昔日西曹联步伍，往时南国怅襟分。

其　二

君恩喜得从天沛，君甫内擢，余又外出。友德难同待漏薰。咫尺相邻仍两地，君京寓，与余居相近。芝兰气味想氛氲。

男鏻校刊

孙仁益正字

跋

先宫保庄敏公诗草，经同时诸名公点定，既复手自删辑，十只存其六七。暇日恭加编校，凡涂乙可辨识者，仍钞存之，因厘为四卷。付梓诗凡六百六十四首，或以年编，或以月纪，略见于原题及自注中，大约自乾隆壬申迄嘉庆戊午四五十年间所作。故篇什前后，概未敢易置。俾后之谱年者，藉有考焉。

时道光二年春二月，男镈敬识于湖南监法长宾道署。

培荫轩文集

目　录

卷一　序记传

卷二　说考跋引启

◎卷一　序记传

序

补刊徐氏经解序

昆山徐氏经解，刻于康熙十二年。学古之士用藉津梁，以济渊海，偻指周星，仅过百腊而传是楼中，竹素缣缃，荡然羽化。此板归织造府，亦复漫漶残缺，不经刷印有年矣。

余尝与学使彭公、观察袁公论事及此，念我朝稽古右文，旷轶百代。皇上于制科之外，特征通经之士优擢侍，从此后德音叠沛，广求遗书，开四库之馆以成古今未有之巨观。上方赐膳尚书，给札编纂者百员，缮录者千指。各省督抚承诏购募，凡故家之箧衍，寒畯所传钞，虽郢书燕说，寸纸尺蹄，莫不装潢投献，重埒璜球。而此经解一书，以前辈荟萃之勤，艺苑菑畬之助，乃听其零落不复收辑，岂守土者所以佐文明之治，而奖来学之心哉？乃商于尚衣舒公，发藏板付书院，肄业诸生排比校对，缺者补之，蠹者易之。阅数月竣事，费剞劂银三百两有奇，则吾数人醵俸之所出也。

夫穷经致用，学问之大源，文章不由于经学，则流潦也；政事不由于经术，则俗吏也。世之士仅读学官所立之书，以求合有司之尺度，故口耳递嬗，而经籍益荒。此书自唐宋以来，治经之家亦存什一于千百耳，犹可以各见其性情而互通其门户，使得广为流布。庶足挽一隅之目，以牖面墙之心，其有补于吾徒甚大也。今者一经厘正，云楮翠烟，满床兼雨，洵足称快。使善加护惜其板，犹足支百数十年，是所望于读书恤士者之常，公此好而已矣。

蘋花书舫诗序

古人于士之既达者，观其才能；未达者，则观其志行。文辞者，志行之先见者也。高君嘉会为钱塘名诸生，予来三吴，延入幕为童子师。性量醇谨，德器俊良，叩其学，出之亹亹。予退公之暇与诸客琴歌酒赋，倡酬相乐，君于刻烛叩槃之顷，拂纸倚韵，纵笔辄累幅葩发采流倾一座，予特心器之。

甲午九月，予将以秋官赴阙，君出所辑《蘋花书舫诗》一帙，属予言为弁。盖曩时江右游草也，其间眺咏山川，发挥蕴蓄者甚富，而于伦纪交游中，伤离感逝，菀结缠绵，三致意焉，其性情何厚也。荆公曰："士当衣冠，屡缺不能。自存能贵其身，而以文章自娱者为世罕觏。"予于嘉会，则庶几焉。

君故名家子，又刻苦树植非常，及此息羽待聘之年，充其所至，他日见用即以裕之志行者见诸事功。俾时贤览君纂著，不敢仅以才人目之，乃予之厚望也夫。

记

杨忠愍公祠易像碑记

有明杨忠愍公椒山先生，在嘉靖朝仕终郎官，以言黜，以言死，被黜不悔，视死如归，大节光昭千古，虽愚夫愚妇亦知之。无待表扬，若公之今经济事业，遗爱在民者，尚未尽人而知之。

余曩陈臬甘肃，过狄道循洮而行，见滨河之地，沟洫相通，水旱无虞。询之民，则称公所经理也。又见附城各山，周百数十里都无草木，而居民烧烟不乏。询之，则去城数十里，锁林峡内有煤山，向为番民所据。公至，偕指挥使谕之，公威惠并行，番民慑服。民得煤利，亦公之所开也。及入州城接见士子，咸能道其事。又称，公买东山超然台，创书院置膏火地，以教育诸生。又均粮赋、绝飞诡、除积弊以苏民困。狄道一区，至今赖之，并称为杨夫子云。考公年谱，公于嘉靖辛亥春，降狄道县典史，壬子夏迁知山东诸城县事。在任期月而已，泽被狄道士民如此，则公之怀才抱德、安国便民素志，所效者仅一二耳。乃以言死，于公何憾，而千百世之扼腕曷穷。

时江右金子名光斗者牧是州，方重修超然书院。落成，求余言。余曾记其概，继移江苏迁刑部侍郎，入京，闻宣武门外渣子桥内有松筠庵者，乃公旧宅。居民即其地为祠祀，公像岁久多圮，祠旁屋宇亦为主僧盗典无存。甲辰、乙巳之间，李春麓、杨培山两侍御，曹慕堂宗丞倡其议，与阮吾山少司寇约诸同人葺而新之。因香火无资，守祠僧亦无能存，慕堂、吾山商之，余并谋之。大宗伯德定圃与诸卿士，又加捐助五百金，赎前僧盗典、庵旁屋归祠，月取僦直为僧糊口兼香火资。因前者居民谓公为都城隍，故塐为城隍神像，详在吾山记中。然公自有像，余思易之，未就，慕堂、吾山相继谢世。壬子夏，春麓巡视北城，余亦奉命监临平粜。会公所言及此，春麓即札致其同乡直隶藩司张君云舫，于容城取得公遗像。余属工摹之，求塐者不易得。会冯鹭廷编修以摹像属汪杏江编修携至苏州，觅善捏像者，塐成。癸丑初冬，附舟至京，余视之，与画像无毫发爽。时慕堂长君侍御定轩，文选郎中蒋瑗亭将旧像升归城隍庙，奉公像安于祠。而都人士之礼谒者，皆以为惬于情合于礼制，而无遗憾焉。

诸君属余记其始末，余思公在狄道，非有位势可凭，而养民训士著有成效。孙夏峰先生谓公之学，得之造化之源，非独以忠节见也，诚哉是言。因并详其事绩。俾后之拜公祠瞻公像者，重公之忠义而又叹公之所遭非时，泽不被于天下，仅于狄道一邑见之，可胜惜哉！至松筠庵之名，不知何自，或取岁寒不改柯易叶之意以似公耳。若夫祠祀规条，有慕堂、吾山之酌定刻本在，寺僧善守之，可也。

重修乐陵县许忠节公祠记

“夫圣人之制，祭祀也。以死勤事则祀之，能捍大患则祀之。”有明忠节许公之节昭江右，功建山左，具在史册，其祀也，宜矣。而乐陵奉祀之虔，迄今二百余年，益尽其爱戴之诚，则有非他处可并论者。

乾隆岁次癸丑暮春之杪，余奉命按谳乐陵，知有公祠祀公像，因往谒焉。见祠门临街，院宇甚深邃，第年久墙壁多坍缺，又为附近居民侵占，致院落偏斜，门道狭窄，非似旧规。适蒲台令刘君再元奉委在彼，刘君亦中州人，因与谋新之。刘君勇于为义，慨然任之，并告之武定守祥林暨藩司江畹香各捐资，有差委乐陵广文王君督其事。先令占者让之，清出旧址。即日庀材开工，计修葺正祠三楹，较旧增高尺许；院添东西墙一道，中设屏门，两边各开角门。大门起造轩昂，依柱设排栅，东西添列八字，墙临街建，照壁塞内外。凡朽者易之，缺者补之，周围院墙均取正而修整之。旧用土坯皆易以砖，约费七百余金。夫匠皆踊跃赴工，不二十日，祠已落成。余蒇事后往告祭，邑中绅士咸往，观礼毕，喜而前致词曰：“久欲修复旧规，奈占者不能令其让，经费又不能即时有，今是举实获众心。”并出其诗歌一册，接而阅之，知春秋二仲常祀之外，邑人士又各致私祀。二次并撰迎神送神献祭诗歌，以咏其功德，则公之遗爱常存，而邑人士之报德不替猗欤？盛哉！

公吾乡之固始人也，登正德三年进士。初授乐陵令，值流贼刘七等之乱，所至屠城邑杀长官，州县率闭。城守或弃城逃，或遗之刍粟弓马乞毋攻，能抗御者鲜矣。公独慨然为战守计，先督民筑城，继令民于屋外筑墙高过檐，启圭窦，才容人家，选一壮者执刀伺窦内，又募敢死士邑人张魁为倡，分伏巷中，志载，张名与公同，因易之向祔公祠立像，今仍其旧。洞开城门，贼至，伏发窦中人皆出，贼惊窜，斩获无遗，后数犯数却。以功擢兵备佥事驻武定，败贼党杨寡妇，俘斩二百余人。未几，又歼德平之贼，威名大著，境内获宁。旋迁江西副使，时宸濠逆状，大露结中官幸臣，为助其党暴横。公以法痛绳之，意先除其党，以孤其势，又劝孙忠烈公先发。后闻孙公初不肯予贼，以名继而密疏，皆为宸濠遮护不得达。未几与孙公同被缚，公骂贼不屈，斫其颈不动，抑令跪不能，遂同死焉。呜呼，痛哉！

夫筑城御贼，此守土之职，而洞开城门，筑高墙围民屋留圭窦，止容一人出，则非兵法之常，岳忠武谓“运用之妙，存乎一心”。公盖深于韬略，故能出奇制胜，俾乐陵、武定等处人民，咸得免其害也。公之功诚不朽，而乐陵人士感念于二百余年之后，又播之诗歌，咏颂不置，则乐陵人士之好义亦可尚矣。史称，公长身巨口、猿臂燕颔，沈静有谋略，可知公之破贼不独知谋出众，而临敌指麾亦必有勇敢之气作于中，实文武之全才。若孙忠烈听公之言而先发，何至反遭其害邪？时不利而身遭戮，读杜诗“出师未捷身先死，长使英雄泪满襟”之句，不禁为公浩叹不已也。

祠宇成而香火无资，王广文欲捐助之力不逮。适达斋抚山左知而告之武定守张君，捐置地四十一亩，零岁纳租粮三十石，交祠户收取，以助烝尝而资养赡，亦见中丞太守之推重忠节也。因并记之，附书地亩坐落租数于碑阴焉。

重修关帝庙碑记

予居在宣南坊之米市胡同，乃宛平王文贞公青箱堂旧宇一隅之地。宅南邻关帝庙，创于前明初年，万历以后增修两次，有碑记可考。窃维帝君之佑佐圣朝，丕振威灵，庙祀遍天下，而京师地安门及广宁门外，皆有专祠，春秋遣官致祭。此外，民间庙祀亦以千计。谓神之不域于一地，可也；谓神之或遗于一地，则非也。

己酉年五月十三日五鼓，予赴万寿山奏事，长儿入直吏部，二儿在城内学舍。是日辰刻，予宅之北邻不戒于火，相隔尚数十家，讵是日风紧火烈，不数刻已及予家。予中途闻信，亟易骑驰归，远望帝庙巍然，入门见祠宇仍在，怦怦之心始宁。询之，救火之营城官弁及家人辈咸称是刻火至家祠之北，忽风转火西折而南过横街，尚焚数十家始止。帝庙毫无损，予家因贴近亦获免。因思家祠奉有先人主像，三朝诰轴并荷赐赍御笔及书物均敬贮于内，今一无失，实仰赖帝君之呵护，遂得惠及先人而免予之罪过也。感帝君之成全，益戴圣恩之沾被矣。

是庙，予每岁少助香火，适住持僧以大殿前缺少抱厦为拜奠之所，门楼低矮，每岁献戏又无台宇可演，钟鼓楼亦欹斜，欲增修之，谋于予，予允之。因谋于韩兰亭少司农，适兰亭亦遇火不为灾，即与予各捐百金为首，并约诸同官各加资助。鸠工庀材，为增设而补葺之，又思火威之不妄，及亦赖离德之昭明，因于殿后别院添建火神，以申报祀焉。工竣，住持僧属予作记，因敬叙其颠末，并书捐输姓名于碑阴焉。

重修超然书院记

超然书院，有明椒山杨公谪狄道时，捐俸所治也。其地距城东一里许，旧名超然台。俗传为老子飞升之所，公建书院于上，即以其名名之。意其地爽垲，学者可以旷观而游于物之外邪？抑必向往前哲，超然特立而不为流俗所囿邪？日聚生徒讲学其中，又典张夫人钗珥，置田如千亩为诸生膏火，资洮之士，至今赖之。他如开煤窑便民炊爨，引洮水利民灌溉，去浮粮清积弊，其善政不可谓不多。然在狄道不过期年耳，而所为乃如是。

尝见古之士大夫，当其播笏岩廊，未尝不思树立，以表见于世。一经挫折，颓然放旷，多怨望悲愤，即幸而起用，率又缄默苟容。以视公之不以升沈荣辱动其心，不以死生祸福易其操，孤忠报国，抗疏排奸，其为人贤，不肖何如也。独怪当时既以为马市败露，嘉公先见而超擢之，使尽纳其言，授以国柄，自能以治狄道者治天下，其所树立，当不啻此。奈之何言未用而祸至，徒使狄道一区偏受其福，此闾阎士庶所为，且喜且悲流连慨想，唏嘘不禁者耳。公去，狄道士民于西门外立祠，以时祀之。嗣患洮水，迁公像于书院讲堂之后。公去今岁二百年，狄道县改为州，州人犹称为杨夫子云。呜呼！公之泽，可谓远矣。

己丑夏，金子冲南来牧是地，访公治绩诣书院，见其倾圮，捐俸修葺。士民咸佽助恐后，不日落成。秋九月，予因公过狄道闻而深嘉之。夫修书院所以兴学也，兴学莫要于尊师，尊师然后民知敬学。金子果能实力，董率延访名师，为诸生模楷，毋为寻章摘句之学，毋为梯荣媒利之说。俾之绩学砥行，瞻公之像，志公之志，学公之学，以圣贤为必可师，以忠孝为必可致。穷则有守，达则有为。名臣志士接踵而出，其有益于风教者，不更伟欤？乃因金子之请而为之记。

重修永济桥记

光邑南通楚黄，北达颍亳，实冠盖商旅往来之通衢也。距邑西南五里许，有溪深数仞，当道之冲，其源出凤皇嘴，经文殊寺徐家河合天塘畈之水汇流于此，出清水港达官渡河而东入于淮。向有平桥跨其上，建自何年无碑志可考。因桥东有鄢姓聚族而居，里人遂呼为鄢家桥。每当盛夏涨发，桥没水中；涨退，复如故。以岁久倾圮，余欲新之，未遑也。

丙子春，余官京师，会满洲孝廉名德贵者补吾邑令，遂以是工属并请更其制令。甦之，莅任后召邑人谋集其事，不期年而落成。中起法圈，势如虹亘，制与昔殊，诚巨工也。己卯夏，溪水异涨，桥圮。次年春，余自京师请假归，疑前工未固，因商之乡党并请之邑侯，仍其基筑之如前制，越半载工成。无何涨发而桥复圮，余睹之慨然曰："此余之过也。"夫源远则众流，并岸隘则水势激，理固然也。是溪发源于凤皇嘴数十里之外，又合天塘畈诸水汇出其间，南北两岸相距仅十余丈，涨发时波涛汹涌、奔流掣电而莫之或遏。今又中亘巨桥，间以础石，益塞其流而激其怒，宜其屡圮也。旧制平桥去水不盈丈，任其漫溢，与水相让而不与水争，因历久不坏。所谓相争不足，相让有余，即一桥，而前人之识虑远矣。然则为是桥，计其惟旧制之仍为可哉。余久思竟其事，以补余过。自部曹出守庆阳，洊历监司复陈臬事，往返秦晋间十数年未暇及此。今始踵修之，一循旧制，庶余愿得酬，余过亦补矣。

然旧制虽善，不能使之久而不圮，倘后数十年倾颓，复见继余而举是工者，第因而补葺之，则费少功多。此桥虽永久不废可也，因名之曰永济。经始于壬辰年十二月朔日，落成于癸巳年五月既望日。取用旧料若干，新料若干，董其事者为裴君维实、冯君伯雅，二君素好义，是役也，往来经理，不辞劳瘁，桥藉以成。其丙子、庚辰两次捐施姓氏，善不可没，仍勒碑立于侧。

思龛记

《经》云:“君子有九思。”又《传》曰:“进思尽忠,退思补过。”所以制心而处事者,诚不可无思也。余既辟有竹簃,于二堂之侧,更穿其旁作斗室,差可容膝如龛然,遂以龛名,而系之曰思。接见僚属之次,退坐其间,披案牍之纠纷,则思处之以暇,不敢因罚轻而少忽也。值酬应之沓至,则思镇之以静,不敢因急遽而偾事也。暇更读书,资考镜,凡以检束其身心,而求免于愧怍,余之补过云尔也。然如农夫之有畔焉,位不可逾而三则已过。余又奚敢出此?落成,因识岁月而书此,以自勖焉。

重修中州东馆碑记

京师会馆之设,未知所自始,考汉、唐迄宋不见载籍。余数经过汴梁、洛阳及关中,皆汉、唐、宋建都之所,亦未闻传有会馆建而圮,圮而复者,则宋以前无会馆可知矣。今之京师为金之中都,元之大都,明世永乐自金陵迁于此。金元之名胜寺庙,其兴替多见之碑记,即无碑记亦有能指其处而道之者,独会馆亦无言之之人。然则会馆之最久者,自由明季始耳。虽其名无所昉,第以此为计,偕入都者息肩之所,俾寒士远至如归。而一省一州一邑之人,咸会于中,是亦广厦覆庇,共敦梓谊之意,斯可尚矣。今一省有一省之馆,一郡有一郡之馆,亦有一县一馆,数县合一馆,甚至一省数馆，而一县一郡亦有数馆者，可见太平之世人，十之辐辏而皆得适馆焉。

吾乡在明季有二馆，一在太仆寺街北，一在东江米巷南，岁久不复存。国朝顺治十四年，都谏张谯明、许傅岩倡义合乡之筮仕中外者，买宣武门外银湾曲梁唐僖公别业，创建中州会馆，少宗伯河阳薛君撰文纪其事。康熙十八年，都谏王君子厚又倡议合同乡而重修之，睢州汤文正公作记刊石。嗣则岁久倾圮，仅存门面数楹，乡人名之曰旧馆，此其一也。其建于乾隆三年，在菜市口南，绳匠胡同内名曰中州新馆。首事则仓场少司农、新安吕少宰、上蔡程冠文，少银台商邱陈勉，夫其名新馆者，以对旧馆而言也。往岁丁丑戊、寅间，有袁名齐敞者睢州进士，周名廷佐者济源明经均谒选在都。以吾乡之公车来者，旧馆既无可住，新馆亦不足以容。因与余及汝阳宗侄绍南商之，并谋于居官京外之籍隶中州者，买骡马市大街北海宁陈太史扬对故居，改建此馆。因新馆在西，故署名东馆，以别之。

嗣余由部曹历官秦晋吴会间，后由江苏臬使奉命入佐秋卿，丙申、丁酉之岁见馆宇日就颓坏。时蒋雩园官御史主馆事，相与谋曰："此馆建立二十年，且原买本系旧房，中间虽时有修葺，不过补其坍缺隙漏而已，终未能一律更新。是应亟为重修。"因先谋之官京师者。吴香亭时官奉常，首解百金，余皆从厚佽助，并致书于吾乡之官。外省者，亦各踊跃捐输，遂通前后拆卸而重修之。每一楹俱用板壁隔断，各安门窗，俾一人可住一间，而欲住二间、三间者亦无碍。皆兵部主政张霖苍督作之力。是举也，拆用旧料者十之四，更换新料者十之六，而添补尤多，计费二千九百余金。自此不惟贡举入都者有所安身，而凡来应试者皆可托足。若非乡会科之年，即守部谒选者，亦得假寓其间矣。伏思读书之士，恭逢右文之时，云集风从共来辇下，既栖息之得所，当磨厉以自须。惟愿至是馆者，独居则敬以修身，如临师保；群处则文以会友，毋即慆淫。务爱众而亲仁，勿党同以伐异，《经》云："维桑与梓，必恭敬止。"登斯堂而从事斯语，庶可仰副作人之雅化，而无负当代之旁求焉。

至于岁时伏腊，合祀乡之先贤，以志景行。薛宗伯则推胜国李文达、刘文靖之相业，顾礼卿、轩惟行两都宪之清直，马端肃、许襄敏之事功，何文定、崔文敏之文章气节，而汤文正公又益以理学名臣，若唐之韩昌黎，宋之二程子，元之许文正、姚文献，明之曹正。夫尤季美、孟叔、龙鲁、郑卿、吕叔简、吕忠节、贺景瞻、刘文烈诸公是皆河岳之间气，为师表于后世者。诚能学其所学，而行其所行，不隳先哲之遗教，勉进职业以报朝廷之知遇，不徒在息旅肩而敦梓谊。是又仕与未仕者，皆当努力而共勉之。馆成数年，碑记未就，因余粗悉此馆之原委，属记其事。余不敢以不文辞，因述其颠末而为之记，其乐输姓氏银数皆列之碑阴焉。

创建胡氏家塾记

丁酉之冬十有一月，余自山东审事回京，复奉命同侍郎博卿额赴河南归德，审理商丘之案。归德距光山不远，面请给假省墓，仰蒙俞允，衔命起行，于十二月十九日抵归德，二十八日查审事竣，与博公分手回里，戊戌新正三日抵家。

先是恭遇覃恩，（季堂）以侍郎加二级，得请一品诰命。自曾祖父以下皆封光禄大夫，曾祖母以下皆封一品夫人。适于奉使之时领到制书，因命出嗣长兄之长子（钰）恭捧誊黄，先于十二月二十六日到家。余率同（钰）儿敬展省墓之仪，恭修焚黄之礼。窃念余少失怙恃，依嫂成立，仰赖先人之福荫，得邀圣主之鸿慈。僭陟卿班，惭无报称，今幸复叨使命，恩许陈情，得邀千古难逢之盛典，复得遂十八年未尽之私情，感佩天恩，思维祖德。

昔范文正公有云："吾吴中宗族甚众，于吾固有亲疏。然吾祖宗视之则均是子孙，固无亲疏也。"自祖宗来，积德百余年，始发于吾，若独享富贵而不恤宗族，异日何以见祖宗于地下？今何颜入宗庙乎？于是，恩例俸赐常均于族人，并置义田宅云。先宗伯云寒家自江西迁光山后分四支，一居天塘畈、一居柴家山、一居钱胡寨、一居许家围。自五世祖至余皆单传，虽无近支而五世祖及曾祖、祖父母坟茔俱在天塘畈，高祖葬许家围清流河之西，是许家围与天塘畈又吾宗之最近者。余蒙祖德，暮年登第，洊列卿班，每念范文正公祖宗视子孙无亲疏之言，深以恩例俸赐无能广均族人为憾，今益耄矣，未知将来若何邪？（季堂）少失怙恃，未克亲承庭训而遗笔具在，读之心常怦怦焉。今谬继卿贰，独不能继先宗伯之志而敦一本之谊乎？爰举天塘畈老庄积谷百十斛，进族侄章辈而告以遗言，章辈咸拱手辞谢。既而曰："侄辈仰托祖宗福庇，虽未能恢宏先业，而耕织营生衣食粗足。惟近年来生齿日繁，咸各成立，祖宗旧庐俱因成家授室，无复余间。后生小子竟少肄业之所，分创既力有不能合建，亦众说不一。吾叔与其分惠于一时，何若代建学舍一区，俾合族读书有所，其惠不更远且大乎？"余闻之爽然，自失曰："余过矣。"侄辈所言，诚承先之良规，启后之要务也。余虽不敏，敢不从事于斯。爰于拜辞墓门之日，同侄辈公择是庄之东南，其处爽垲，建塾最宜，询之则章侄之地。章侄即慨许捐输，于此见侄辈之贤，尤足见先人启佑之厚，而子孙辈不忘祖训，思诗礼传家也。因鸠工庀材，就其地建正屋三楹。东屋一间，为炊爨之所；西屋一间，为工人托足之所。前开一门，后缭以垣，题为胡氏家塾。又念修脯膏火尚缺，则延师无资而食力者无暇肄业，是家塾又徒虚名。因思是庄乃祖宗之遗产，虽应分余承受，但食禄在朝未能分俸赐之常，何不可以祖宗之业公之族人，贫乏有讲习之资，所为不虚，庶可以少继先宗伯之遗志，不负侄辈推让之心。

噫嘻！余何幸而得此归里一行，又何幸而得闻此语而成斯举耶！至于恢廓斋廊，广育英俊，讲习礼义，蔚起人文，效范文正公之广置义田宅，俾许家围、柴家山、钱胡寨皆得无遗，则又赖贤子孙之善继善述，不独余有厚望焉，是为记。

补三十二体篆书金刚经缺字记

己亥春杪，余因公出阜城门，过摩诃庵见观音大士殿有石刻嵌列两壁，乃集篆三十二体《金刚经》。具原委具详，绣水陈居一宛平王敬哉。两先生跋内考七修类稿，引震泽长语云：“三十六般篆书《金刚经》，乃宋灵隐寺僧莫庵道间集。”与跋称宋僧道肯因五代僧梦英所集十八体广为三十二体异。又考《说郛》内所载震泽长语称僧道肯集篆书《金刚经》备诸体，虽未言其数，其僧名道肯无疑。类稿称为道间必传刻之讹，且《金刚经》仅三十二分，所云三十六般篆书亦必有误。细玩兹刻，篆体古健，每分后释以正书，亦极端楷。悉出明季一时名手，洵为艺苑珍秘，况系金经尤可宝也。归而觅诸厂肆，并访收藏家，均无此帖。想彼时拓印未广，人多不见而石固未损。惟十七分内第四十六行至五十二行，每行缺一二字，究未为全璧。意欲补篆，惜无好手。今年春，适丹阳范子名榕、号野畇者来京，素精篆隶，因属于是。分内依经释字摹仿补成，另勒一石藏之庵中。非敢攘前人之善行为己有，要使金经古篆不致残缺云尔。

重修泼陂河广济桥记

吾乡泼陂河为邑南之巨镇，实楚豫之通衢，士民商贾居者栉比，行者络绎。镇北枕河有石桥，建自明季天启年间，初成于毕侍御名永济桥，继修复于邑令朱君名万金桥，皆有碑记，载之志乘。迨雍正五年，又经水患，先文良公因士民之请，作募疏以倡导之，而桥复完。迄于乾隆壬辰年，桥复倾圮，并坏南岸四十余丈，工费浩繁，见者束手。余宦游在外亦不及知，往来病涉者非一日矣。

岁次壬子有毕侍御前修福兴寺，内住持僧道岸来京言其故，矢愿修复，求余为助，并出先文良公前次募疏。余读而感焉，遂许以捐资并致书于同省之官，于山东省临清州牧张春田、邑戚黄县令傅仲言、沂州府经历毕玉林，三君皆好义各捐俸。有差张君又代为劝助，约二千余金。俾之旋里，道岸又于本邑本镇多方募化，若张怀瑾等争先乐输而相继喜舍者不一。其人遂于五十八年七月开工，五十九年三月工竣，桥又完而往来者顺适矣。惟南岸坍塌处不复，无以资保护，乃捐项不足。僧复来告并求余作记，以纪其事。

余思此桥建自明季天启丁卯迨至国朝乾隆壬辰，一百四十余年间已三次倾圮，岂修砌之不如？法工费有减，致未巩固耶？然以众姓乐输之诚，众目共属之地，必无此也。盖是河发源于邑南境界麻城之木陵山，曲折经行群山间百有余里，豀涧之水咸入其中。每盛夏之时，大雨一注，山水暴涨，众流奔汇争出此桥，怒浪惊涛如吼而状如吞桥，历数十年辄有冲决此势也，亦理之必至也。夫有成必有败，凡物皆然。惟仁人君子不以成败而忘济人利物之心，事之可垂长久者，固乐为之。即一时一事之便民，亦莫不修举而兴作之，喜其成不计其败。况是桥之成既可经行数十年，即可得数十年之利济，宁逆睹将来之鲜克有终，竟难于图始，而使千万人有望洋之叹耶？此昔人所以作之承之而不怠也。今之视昔亦犹后之视今，先事者但作普渡之津梁，后来者必行继起之善事，则桥之成而败，败而复，源源相接，即千百世亦可长存矣。

余嘉道岸之志，而喜诸君之尚义，又许为之谋画以竣其硎岸之功。因桥成于众所济者广，遂改名曰“广济”，并详记其始末云尔。其捐输姓氏具列碑阴焉。若夫作善作不善，积善积不善，降祥降殃，余庆余殃之理，先文良公言之详矣，敬录一通镌于石，以昭劝戒。余何敢赘一词！

柏木化石记

闻吉林、黑龙江等处深山中有木变石，今春奉命同福公相、松少农前往吉林查办事件，适少农署理将军印篆，属其购求。迨回日遗此一段，重百四十斤，看去居然石坚不可削，谛视则文理似柏木。考《唐书·拔野古》：“直仆骨东，有康干河，断松投之，三年辄化为石，色苍致，节理犹在，世谓康干石。”《录异记》：“婺州永康县山亭中有枯松树，因断之误堕水中化为石。”又《墨客挥犀》载：“壶山有柏木一株，长数尺，半化为石，半犹是木。蔡君谟见而异焉，因运至私第。”此木变石见之载籍者，皆松柏之木也。若他木一经断折，陷之渊涧，置之原陆，鲜不为水土所浸，败久而乌有矣焉。能变为石，可知松柏之化由其质坚，虽化而不失其性，亦可以悟人之立身行己也。置之亦园山石间，非徒慕蔡忠惠之好异，而已因识之。

传

罗荆轩小传

罗宽，字玉书，号荆轩，汝阳县附学生。余少闻其名，曾得其指头生活一幅。初未识面，乾隆辛卯岁，余陈臬江苏，越明年夏，汝阳宗侄宣南迎亲偕来至苏，出视其画，笔墨苍秀，设色致佳，因延入衙斋。出佳纸属染翰，大小长短册页条幅，设色泼墨听其挥洒，不拘一体，亦不促以时日。于放衙之暇时与接晤，其人沈静寡默、端重自好，绝无一毫矜躁之气，殆于烟霞中寻供养，非仅以笔墨作生涯者。在署三年，先后为余成册页四本，每本十二幅，大小单条数十纸，山水树石、烟云流润、苍木秀透之中，纤浓空有之间，气韵各别，即其指头生活亦非草草不守一家之迹，深合古名家皴点之法。殆张文通所云："外师造化，中得心源者也。"时苏州尚衣使䌹斋舒文见其笔墨，深赏之。欲进入画苑，因年已六十恐难供奉，为之叹息而已。适余内迁秋卿不能随入京，比时今河帅李香林巡察上海，余荐之署中日事笔墨。无何以病归，至固始留不得，行旋谢世，时年六十八岁。无子，其侄扶其柩归葬于汝之先茔。惜哉！岂以构精凝思损其血气耶？抑寿算有定，即烟霞供养而未能少增耶？然身虽逝而名则留，余携所画册至京，一时名卿若金坛于文襄公，山阴梁文定公，钱塘王文庄公，无锡嵇相国，韩城王相国，贝子瑶华道人，曹竹虚、董柘林两大司农，彭芸楣大司空，金听涛、沈云椒两少宰，陈枫崖光禄卿，皆为之题咏而赞许焉，则荆轩自有以不朽矣。今因展玩其册，见其精采不下唐宋以来名家，迹其往事，而述之作小传云尔。

男鏻校刊

孙仁益正字

◎卷二　说考跋引启

说

朱文公家训说

家训有谓非文公所撰者，以其不载《朱子全集》内也，此言固是，而未免胶柱矣。殊不知，圣贤之垂教载于经书，首在格致，诚正修身齐家。又导之孝弟，以为其本；示之忠恕，以广其用人，果能习诵而遵行之。自无逾闲荡检之事，又何用别撰烦言，诱人为善乎？即此而观，则家训之为假托朱子，不待言矣。然自来何为系之以文公，而余又胡为一仍其旧，诚以圣经贤传，能身体力行之者，固为上知；而中人之资，即多习而不察。此训言浅理明，词调义正，初学之士易于解识，见而必喜读之，亦何？莫非诚正修齐之助，所谓“行远必自迩，登高必自卑”也。作者恐人之不信其言，故托为朱子之说，是欲借朱子之名，以行其劝导之言耳。余第取其言之切近著理，可以劝人，可以训俗，即谓之文公垂训亦可不必论其是否也。

光山三台八景说

三台之说，不知何昉，邑有三台曰卧龙、曰戏珠、曰钓鱼，其传久矣。皆在西南山水之间，可游可眺，可幽赏而远寄，即因其传以传之，可也。八景之说，志言本于宋复古之图，其后一州一邑，无不以四字标景，而光山之八景为是邦人士艳尚，因图之云云，似有不足之意。不知燕京八景，如卢沟晓月、蓟门烟树等目，曾经御笔题名，刊石垂久，则一州一邑艳尚八景，何为不典？

第吾邑八景之目所传不一，有谓台榭来薰、官渡清波、赛山樵唱、沙窝夕照、五马秋云、三山夜月、郎畈春耕、淮渎千帆，如志所载者又有樵楼西应、仆公丹洞、天台远岫等名，合计十有一处，皆以景称。去此取彼，退彼进此，各传其所闻，各是其所见，而八景之名迄无定论。即旧志艺文所载乡先辈题咏，亦各就其所至所见之名形之篇章，从无汇其景而统胪其目者，自不可不加考订也。

余谓樵楼西应者，因县署头门旧为楼中设更鼓，夜静鼓声应西遍远。余记事时楼已撤，敝居距城西南五里许，冬夜寝觉时往往闻鼓声，历历可数。彼时正不解其所以然，由今思之，盖城东则平野辽阔，鼓声涣散而不能远达；城北不三里即土冈围绕；城南则市集人烟辐辏，鼓声被逼，亦不能达远；惟西门外，北则流庆山绵亘西来，三里外转而西南远去，南则草店居民鳞次栉比，长至里余。更鼓起为南北山市所束，声无旁泄，故应西南独远，只言西应者，举其大面耳，此自其地势使然。要必赖东北风顺以送之，冬日东北风多，故冬夜时得听之，他时多不闻也。志云，县署逼近西城，故应西城独远。若然，则凡县署逼近东城者，鼓声应东远；而逼近南北城者，亦应南北独远乎？是未审其城外之形势，而究其西应之所以然耳。第西应之声，本不可以形象绘，樵楼久撤又无所指，自应从删。至于仆公山，长淮近绕，绿野远铺，远眺近观，神怡心旷，其景在山而不在洞，系之丹洞则当列之古迹，而不可目之为景，其删也，宜矣。若夫天台山，余曾至郭家河，相距不二十里一望见之，苍然秀耸、高出群山，自足称雄。仅言远岫，则邑之高山峻岭，若连康、三尖诸山，皆可以远岫放怀，不独天台为然。是远岫之景不足尽天台之胜，则删其目，而同仆公山均列为邑中之名山，亦宜是。

八景之名，当以志之见定为允。夫三台八景既为合邑之艳尚，自应汇集而分订之。余虽未得遍为游赏，而幼闻前辈之传说暨曾经亲过其地，觉与志载有未尽合者，因各赋长律一首，并就其所闻所见参以臆说，以表其景之意义，注于各目之下。俾后之揽者，悉其名目，或可免聚讼之纷纷耳。若夫亲阅其境，考古证今，详其原以订其谬。余已年过杖乡，恐未能办及此，是则有望于后之君子焉。

三代仕宦方知著衣吃饭训子说

谚云："三代仕宦，方知著衣吃饭。"夫寒衣饥食，即孩提之童亦无不知，何必仕宦之家也。所谓知者，非谓其寒知衣、饥知食也，谓其衣则能为趁时之制，而得彰身之华，不仅苟简蔽体；食则能谙五味之和，而得烹饪之法，不仅将就充肠。然此亦仕宦家之常，而必云三代者，何也?

盖士之崛起者，初本寒素，方其困厄闾阎时，每因身口之累，时多衣食之虞，一旦身登仕版，俸禄所入，即志不在温饱而温饱自足。既免曩时之竭蹶，便觉从容已是称心，何肯他计？且念前者之艰难，心存惜福，必从俭朴，不事讲求。此初代仕宦者，不可谓之知也。若夫二代，承父兄居官之后，衣食无虞，初不知有交迫之饥寒，温饱之余渐生骄侈，衣或厌恶而食或求美，常情习染，亦所难免。然去其父兄未远，朴素之风尚存，豪矜之心未肆，其衣其食，未必件件样样皆得如法而精工，此亦不可谓之知也。至于三代仕宦，生于富贵之家，温饱视为固有，不知稼穑之艰难，又何知人世有饥寒之事。既丰衣而足食，必鄙俭而从奢，耀身首之华，制作定求合体；纵口腹之欲，烹炮务期，得宜如此，则衣无不美，食无不精，此乃所谓方知者也。听其语似若誉之味，其义实则讥而刺之也。

《传》云："俭，德之共也；侈，恶之大也。"若由知而自矜其能，日肆豪侈，则德愈丧而恶愈集，如轻埃之应风，似宵虫之赴烛，立见其败，不在本身，即在子孙，事有必至，理有固然也。为此语者，岂非刺以儆之乎？然非所论于秉礼守义之君子也。世宦之子听其言而思其义，须为知礼义之君子，宁作不知吃著之人，则爱惜物力，少杀生命，以免暴殄而不作孽，慎毋认为誉美之词喜而蹈之。庶可为保家之令子，汝辈其勉之。

附：

魏文帝曰："三世长者，知饮食；五世长者，知被服。"殆谚所云："三代仕宦，方知著衣吃饭。"所由昉乎？是谚也见了《说郛》婉而多风，为履满者，箴也。犹原田每每舍其旧而新，是图之喻也。犹蚕桑苦，女红难，得新忘故后必寒之戒也。听孺歌而诏小子，会心不远，可为知者道难为不知者言也。神农黄帝以天纵之圣，开衣食之源，后世因事制宜，礼经备载，衣则有负绳抱方，应规应平应时，左宫右征之利用也。饭则有舂揄簸蹂，释叟烝浮，七精八凿之殊科也。凡宴享簋豆藻采章施，莫不有公卿大夫士及世族世官之别。至于击鼓吹豳，涤场载绩，跻堂介寿之情，依然如昨。故粗而言之，问耕问织，不过愚夫妇之知，能精而按之；重农重桑，历代圣君贤相未易，竟其量然，而万物皆备。人欲无涯，不矫于物而素位焉。丝何妨五绒五总，食不必厌精厌细，君子固不废养身之论也。列鼎重茵，任其所为，暴殄久则生意尽，二氏所以有惜福田之说也。

一日与赵鹿泉副宪过云坡尚书寓，云坡出训子说以示，盖举谚所云，云者申言之涑水训俭意也。俭之一字，吾儒立身行己，切要工夫，淡泊明志、宁静致远。上之，黼黻升平，当大任而裕如。次之，不失为衡门泌水，洁清自好之士。先圣先儒格言具在，而衣食两端，俭德之大较者。云坡以大司寇摄农部三库事务，肥天下而人佩清名，两公子文章、政事济美联翩，易之丰象也。而云坡于秋狝迎銮之余，古店挑镫犹追溯于文良公先德之遗，以教其子孙，其取义则谣谚箴铭也，其立言则布帛菽粟也，其文朴而华，其大旨所存，则淡而弥永也。余是以披读一再过，不啻奉伛偻循墙，饘斯粥斯之铭，而叹云坡式谷教忠，志不在温饱者，何履泰而思深也。虽然知之匪艰，行之维艰，两公子勉乎哉？念觥饭不及壶飧，勿狐裘参以羔袖充之，以类体之，以诚物留其有余。道勉所不足彬彬乎，被润泽而大丰美，受之以畜而膏粱文绣，皆从笃实辉光中来也。承先焘后百世其昌可乎？爰引其义书于后，并质之鹿泉。嘉庆丙辰秋九月，香亭弟吴玉纶拜书。

考

光山侯王延政乃王坟考

《邑志·封爵志》内载，旧志王延政，光山人，封光山侯。年代事实失考，故附唐末云。又，《冢墓志》内载，南关外甘家巷西有古冢，以石版砌圈，版塌处，望其内圹甚深，周广约三四丈，称王坟，不知何代何人所葬也，邑志所言如此。王坟之称，余自幼经过其地，曾自其塌处视之周广，如志所载，其深为污秽瓦石所填，上至石顶尚约二丈有余，今不知又填积若何矣。志以传信此二事，志不足征。每欲详考未暇，今偶阅《五国故事》一书，内载伪吴、伪唐、伪蜀、伪汉、伪闽事迹，始末甚悉。伪闽王审知，光州固始人，唐末因黄巢之乱，初隶其部伍，巢败，领众入闽，后梁封闽王。延政，其子也，后归江南伪唐李氏，初封自在王，后改光山王，终鄱阳焉。考《五代史·闽世家》，延政为建州节度使，初封富沙王，继建国称殷，改元天后，后为伪唐李景[1]所败，迁于金陵封鄱阳王。是延政，正史外纪均无封光山侯之事，闽故事与正史所传王号不同，而封王则一正史言迁延政于金陵，封鄱阳王，闽故事言延政封光山王，终于鄱阳。金陵、鄱阳与光邑境地相距匪遥，其父审知又固始人，同属光州境地相接。当是延政封光山王，后卒于鄱阳。念其故里，重其封地邑而葬于光也。因其封王，故以王坟称之。虽无碑记可据，以此而论则见在传，称之王坟其为延政之坟无疑，而光山侯之说，其伪谬明矣。

1　景，疑为“璟”字之误。

跋

重刊澹宁居三接乾清宫召对恭跋

《澹宁居三接》，先大人壬辰馆选时，于圣祖御前亲承顾问讲《易》纪知遇之恩也。先大人积学嗜古，生平著述不下数百卷，而《周易》一书尤一生心力所萃。纪内所载《函书》注释久已刊刻行世，是纪与纪恩诗，《乾清宫召对》三书，另汇一编阅。今六十年矣，板久漫漶，而（堂）又宦游四方，奔走无少暇，思重新之，未遑也。辛卯春，由甘肃陈臬调任江苏，越明年，公事少就理，乃翻阅旧编中，摘纪恩诗归诸《葆璞堂诗集》，从其类也。方乾清宫之召对也，圣祖学贯天人，举《周易》中奥义，逐条垂问。自辰至昃，先大人原原本本，从容口对。悉当圣意玉音，有真苦心读书人之目，并特赐笔札，于御前画《循环太极图》，遂留直南书房。先大人恭纪其实，故言皆质而无文。伏思《循环太极图》，当日曾经绘呈御览，先大人因另刻各图四大幅，与《函书》并行。故召对编中不复载入，览是编者，左图右书，苦一时无所考证。爰取大幅，易图如式摹绘缩为小页，附于卷尾，命梓重刻之，既以见圣祖优礼文学之臣，堂廉浃洽为臣子希有之遇。又以见先大人一生穷经析理，所以上契主知者，其荣宠有自来也。刻既成，敬备书之用垂后人，相传勿替云。

葆璞堂诗文集跋

先宗伯潜心易学，康熙壬辰年馆选时，蒙圣祖仁皇帝三接澹宁居，讲问《周易》。又于乾清宫画图呈览，仰荷玉音，有“苦心读书”之目。后益编摩，自少至老，十数易稿，纂成《周易函书》，分刊行世，海内穷经之士莫不仰而宗之。近复蒙我皇上特旨征取，许以“究心理学”。是先宗伯之著述已足羽翼圣经，津梁后学，原不在诗文之有无与文，学士较富丽争工拙也。夫诗以道性情，文以载道，在剽窃陈言，徒矜藻彩者，虽珠零锦粲，无裨实用，曷贵焉？若根抵六经，弸中彪外，风雅所遗，得温厚和平之旨，仁义之言，阐道德性命之原，是所关者甚巨，而为教甚远也。先宗伯学《易》余暇间，或形诸歌咏发为文章，悉本经术之腴，而得之易理者，尤多通德类情语。语见道独标心得，不尚词华，实有不敢以轻心掉之，怠心易之者，惟是一生专精于《易》，无暇汇集。捐馆时，（堂）方童稚，未足仰承严命而家世单传，又无期功近亲可以委托，残编剩纸几至散轶。（堂）自服官后，留心搜辑，或从先世故交得见手泽，或在他人文集获有余篇，随时录存，汇成草册，特以校订未遑，时为惴惴。往岁在甘肃，曾与秋帆毕殿撰序次其诗，未竟。适调江苏，公余出草册，与顾孝廉星桥编次其目。时大司马彭芝庭先生，予告在籍，与先宗伯有师生之谊。嘉禾钱宫傅香树先生，悬车里门，与先宗伯乃同馆之交。因录呈鉴定，两先生俱乐为之序，星桥孝廉亦跋其后。噫！（堂）少失庭训，未尝学问，兹幸蒙恩陈臬三吴，得近两先生之里居，就而请序。俾先宗伯遗籍，与《周易函书》并传不朽，是则（堂）之厚幸也。因集成而述其颠末云。

苦心读书额跋

康熙壬辰、甲午间，先大夫供职翰林，蒙圣祖仁皇帝七次召见，画图讲易，仰荷温谕，有“苦心读书”之目。圣主之崇儒重道，先大夫之力学受知，诚千载一时之盛事也。爰敬录玉音，悬之中堂，恭志隆恩，以垂不朽，并欲使世世子孙仰瞻之下，念遭遇之非常，思受恩之所自，当必永图所以仰报圣世，而勉继家声尔。（季堂）谨跋。

究心理学额跋

乾隆三十七年，岁次壬辰十二月，（堂）官江苏按察使，接到本省抚军何煟札知，十一月二十三日，钦奉上谕：“何煟复奏购访遗书一折，并将购得书籍目录列单进呈。因忆籍隶该省之原任侍郎胡煦，平素究心理学，曾有著述，朕所深知。今单内并不见其姓名著传，谕何煟，令其再行悉心蒐采，即行汇单具奏。钦此。”仰见圣天子稽古右文，睠念旧臣之至意，焚香跪诵，感激涕零。伏思先大夫以易学受知两朝，洊登卿贰，皓首穷经，手不释卷，生平著述皆有关性命。今蒙我皇上万几之暇，眷念及之，以为“究心理学”，特旨征取，此实儒臣不易得之荣，而尤为子孙者所不敢希冀之幸事也。敬录玉音，悬之中堂，用以镌铭圣恩，并昭示子孙永永弗谖耳。（季堂）谨跋。

跋钱香树宫傅寄赠手书柏梁体诗后

（季堂）感嫂氏教育之恩，冒昧陈奏，仰冀圣主格外貤封，蒙恩旨俯允所请，此诚千秋之旷典，家门之幸事。时嘉兴太傅尚书钱香树先生，予告里居，闻其事为赋柏梁体五十六韵，纪之手书，寄某并为录。原奏折子，系之以跋，且附先生请封外王母奏于后。某少失怙恃，未尝学问，据事直陈，自愧不文，何敢与先生请封外王母一疏同日并论？盖先生宏奖为怀，闻一事稍合于理，即喜而扬诩之；得一善之差可录者，即乐为采取之，不惮烦劳，与人同善之素志如此。至先生此诗首叙庆典覃恩，云雨施物，滋浃族亲，语本韩子元和圣德诗。某之请封嫂氏，在乾隆三十七年；先生之请封外王母，在今上御极之初。一族一亲，天然凑泊，而于圣主锡类推恩三纪以来，格外逮下之仁，包举在内。古人论作文必先定其规模而后从事，文同善画竹亦必胸有成竹，乃纵笔为之。此诗实纪恩巨制，某又何能赞一词焉？

跋赵子昂洞玉经

文敏晚年专法二王右《洞玉经》，用笔酷似子敬十三行，真尤物也。按：大德九年，岁在乙酉，公已五十二，以集贤直学士，行江浙等处，儒学提举，名挂朝籍而身落江湖，遂专精内学，受记圭峰。此书凡二本，其一矮纸五寸，字如粟粒，前明已入内府。然则公于是时，又希心冲举矣。震泽令杨君摹刻，以惠后学，亦艺林之伟事也。因跋数语于后。

跋范文正公手书伯夷颂卷子后

范文正公为有宋理学名宦，功业文章，载在史册，彪炳人寰，固与日月争光，原不以善书称，而所书亦不多见。（季堂）奉命按察三吴，至即拜公祠，于学宫之侧，申景仰之忱，惟谬膺繁剧，未遑。至义庄一视公赡族之良规，心常怦怦焉。越明岁，公二十一代孙义庄主奉仪揆偕执事诸生君实等，议增义庄规条四则，呈请示禁并勒之家乘，以垂永久。其一禁开采，谓天平、支硎二山，族众多采石觅利；一整饬习气，谓子姓多嚣凌生事；一禁聚食，谓族众每于冬季不遵旧规，支领月米辄食宿庄中，致多靡费；一清理宿债，谓自二十五年至今，积欠四千余金，每年所入，偿债则不能赡族，赡族则不能偿债，愿减奉节费，期渐清理。（堂）阅而异之。

窃念公创置义田赡给族人，法良意善，昭示无穷，又得继志，诸君子善体先意而培植之，何至今日而有此弊端也。爰先为之示，禁开采山石，而聚食嚣凌之习气并严饬焉。独是义田既有岁入租息，何须借项且至数千之多，若日复一日积累更深，则先贤之义举不至今日而或废乎？是官斯土者，急当为之清理也。乃率苏州守孔传炣暨吴县令杨宜仑诣义庄拜公遗像，并传集主奉及执事各生详询之。缘乾隆二十五年，义庄祠宇及暮舍多倾圮，前主奉冀图保护，借项兴修，本思节义庄租息偿之，岁入有常用不可少，一年之后借本还利，本日增而利日重，初则千余金，积至今应还本利四千六百余金。统计义田，岁入额租银米，支给赡族，各项尚有不敷，借项实无可抵。即如主奉仪拨及执事各生所请，自减应得年俸及节繁费，并裁汰聚食一项，岁只得八百余金，不足偿借欠五分之一，而利息仍不能不日增也。因谕杨君必须传示债户，先停其息，再为分年带还，庶几可乎？杨君固勇，果有为士也，即集各债户剀切晓谕，各债户咸以先贤义举为重，无异说。并又节其岁用，可减者一二项，计一岁实得九百余金，将所欠按年分别归还。明立案卷，是节费无妨赡族而偿债不用他筹，五年之后，宿累一清，义庄之泽，庶可勿替于今日矣。

事竣，主奉仪拨出此卷索题，敬一展阅。自宋迄今，正人君子多跋识于其后，又得宸翰标之于首。诚以善书不足为公重，而公之书为可重耳。永为镇祠之实，不亦宜乎？至笔力之清挺，此卷之屡失屡得，信有神物呵护，而秦贾丑类不应存名，前贤已言之详矣，（堂）何敢再赘一词？第此番清理宿逋，主奉及各执事咸能仰体先人遗意，而杨君又勇于为义，各债户亦知重先贤之义举，是可记也。惟愿主奉及各执事永保义田，亦如保护此卷之不至弊坏。是则（堂）之厚望也夫。

培荫轩跋

昔宋卢仲甫谒蒋希鲁坐池亭，希鲁曰："亭沼粗适，恨林木未就尔。"仲甫曰："亭沼如爵位，时或有之；林木非培植根株，弗成，大似士大夫立名节。"希鲁赏其言曰："吾子必为佳器。"

是居，乃宛平王文简公旧园，院落轩敞，林木茂荫，非数十年培植不易得也。余憩息其间，味仲甫之言，有会心焉。因取其义，以名轩曰培荫。已荫者培而养之，未植者栽而培之，荫因培而成，培而荫益茂，庶荫者可久，而未荫者可冀成荫也。

跋文衡山金书金刚经

右金书《金刚经》，笔画圆正秀润，中自具清挺之气，酷似香光书，而署名则衡山。二公俱以书名，香光殆过之无不及，固不假衡山为重也。观其用笔，颇类虞永兴破邪。论或二公少时，皆规模永兴，异流同源，是未可定。顾五千余字，无一率笔，非专门名家不能，习小体正书者，当奉为圭臬允宜。双钩勒石，公之同好香光、衡山，可勿论也。

跋梁丰山临争坐帖

右丰山相国临《争坐帖》，余奉命趋侍行围，于行幄中见之。喜其扈从奔驰间不废翰墨，凝神静气，无一笔苟且轻率态，可谓作字必敬，即此是学矣。丰山少有书名，得古刻必数数临摹，至老不替。故用笔悉有古法，乃犹以少壮时不学为悔。视朝学执笔暮夸能事者，为何如邪？因索之，丰山许以赠，时九月中旬也，嗣各先后起行，丰山未即付，余亦未向再索。回都后，同侯决谳，侍立乾清门下，丰山出之怀中，云："此君前索拙书，今钤盖印章归君。"余接而付之装池。时十月望后，未几而丰山以病请假。余偕姜度香、阮吾山两司寇往候，尚于卧榻前执手一谈，见其形容虽减，而神气未衰，意谓无妨也。无何病势转剧，竟以十二月十三日辞世，距书此册甫三月，持赠后未两月，丰山即作古人。已有今昔之感，噫！老成凋谢，名笔不再，良可叹也。因识之。

跋书绰信庵册后

余素拙于书，信庵三兄出素册索书，曷敢遽应？第念信庵与余交垂四十年。初是，信庵及宛平李杏浦、漳浦蔡瞻亭，皆长余十余岁，为忘年交。时信庵官吏部郎，杏浦由编修改御史，瞻亭以七品京官分刑部保主事擢至郎中，余以荫授顺天通判亦迁刑部郎。时相过从，或较射争长，或鸡黍互约，有相规之义，无诡随之态，十余年如一日。嗣则宦辙分途，瞻亭以病请告归里，十余年间东西南北莫由一晤，伊人秋水同系怀思。今信庵官登冢宰，杏浦职居总宪，余亦先已谬正秋卿，共沐圣恩，同官九列，趋事则聚谈直所，退食则偷闲过访，无异当年。惟瞻亭已作古人，不胜今昔之感，言念及此，则吾辈之遭逢实为异数，而交亦诚耐久矣。信庵今年七十九，杏浦年七十六，余亦年臻六十，信庵索书，岂以余善书乎？要留此书册，以志友谊耳。余又曷敢以拙劣辞，爰临书帖数幅，规模形似，藉以收摄心手师程子，即此是学之意，非敢以无监唐突西子，自取效颦之诮，并命大儿竟其册，亦见吾辈之交当世世讲之云尔。

跋宋拓圣教序

《圣教序》为怀仁集右军书，宋士大夫薄为院体，赵子固谓非右军真迹；董文敏直以为怀仁自书，因破集为习，数数辨之；孙退谷取赵子固之言，而驳《金石史》之说，谓之夜郎自大，且谓一学《圣教序》，则浑身板俗，是皆疑于怀仁而不足此序者。《书苑》云："怀仁集书勒石，累年方就，逸少剧迹，咸萃其中。"黄长睿亦以为据，《金石史》谓《圣教序》绝胜《定武兰亭》，王弇州称为备极八法之妙，真墨池之龙象，兰亭之羽翼，虽不无偏旁凑合而不失意，他集右军书者，未尽尔也。又称为百代模楷。第结体无别构，偏旁多假借，盖集书者不得不尔。墨林快事谓千古之尤物，学此道当顶踵奉之，石墨镌华，亦以为百代书法模楷。是又皆确信为右军真迹，而推许怀仁者，文人学士辨驳不一，必所见拓本不同而各是其是耳。

戏鸿堂所刻怀仁《圣教序》真迹乃高宗《述圣记》后段。董文敏谓之视陕本，特为姿媚。以余观之，不惟过于姿媚，殊乏遒劲清挺之气，或是本为怀仁所自书而不可，遂疑集书原本为非也。朱文公跋《兰亭叙》，谓不独议礼如聚讼，余谓是叙纷纷之论亦相同矣。考唐太宗酷嗜右军书，购募不遗余力，世传太宗收有大王真迹三千六百纸，内行书五十八卷，共二百六十帖。是知当日右军真迹搜罗最富，怀仁精心排比，无虑不给于用，按其字体大小，杂厕真行间出，其为剧迹显然。至于凑合假借，王弇州所谓集书者，不得不尔也。岂可因其一气贯注，辄谓为怀仁自运乎？且当日大手笔如虞褚辈，熟谙晋人家法，怀仁即欲赝托势必不能，则断以为集右军真迹无疑也。石刻惟宋拓最精，否则徒存形似耳。是刻余见之友人败笥中，谛阅一过，觉字里行间，波拂钩磔处，绝似一手书成，不露一毫排比之迹，是诚怀仁所集而不失右军笔意者。家藏旧拓亦逊此本，知为宋拓不谬，因索得而装池之，并附其说如此。

跋渤海藏真帖

大凡石刻以初拓者为尚，取其完整无损也。此帖为海宁陈氏所刻，乾隆辛卯，余陈臬江苏，时值是帖盛行之际，购得此册，见其摹勒甚工，镌拓精致，心赏之。究以非古刻，未为贵也。携至京已二十余年，每见市肆及他人持赠者，多漫漶残损，复审视此册，觉其神采完好，大异他本。信知为最初之拓，非续出者所可同日语也。异日此拓日损，益致模糊，必有翻刻以应世者，此拓可不宝诸?

跋王宫詹书杨忠愍公遗属册子

宫詹王丈，先宗伯同年友也，素精八法。此册所书乃杨忠愍公绝命前一日，狱中与张夫人及其子遗属，几三千言，不遗一字，亦无一潦草之笔，具见其景仰忠烈，敬其人而重其言，故精心若此，不徒笔法之妙为可贵也。先是，宣武门外炸子桥内有松筠庵，祀忠愍公塑像。初则居民尊之为都城隍，祈祷甚盛；继则谓之转入文昌宫，供献顿绝，屋宇遂日就倾圮。时曹慕堂宗丞、阮吾山少寇、李春麓侍御及余约诸同人捐赀葺而新之，并为之赎出典房，取租息以供香火。愚谓塑像不肖忠愍，思欲易之未果，无何慕堂、吾山先后谢世矣。壬子之夏，春麓巡视北城，余亦奉命监粜，于公所偶言及之，春麓遂札致直隶张方伯，于容城取得忠愍公画像寄京，余属画工摹之，求塑如刘銮者不可得。会汪杏江太史南归，索画像将去，许于苏州之虎丘善捏像者，求其肖。迨癸丑初冬中浣，由舟运至，札属鹭庭冯太史升入祠，转达于余。余瞻之无毫发爽，适鹭庭先购得此册，出以相示。余思王丈书此册，距今已不下六十余年，何以毫无损失？又何以与忠愍公遗像成塑到京之日恰为鹭庭先得而有之，岂非忠烈之风有神物呵护，巧为并合，欲使其遗言与祠像同垂不朽邪？至忠愍公于临刑前一夕，尚亲书数千言遗属，都是忠孝义理之事，无一毫怨忿之词，则其神完意定，视死如归之正气有不可夺者，宜乎后之君子咸敬服而歌咏之也。其亲笔在故里，为其裔孙装池保守，余曾题其后，兹不复赘。

跋沈文端寄子书后

右吾乡沈文端公寄子书，宋漫堂冢宰谓皆省身克己之学，王文简公谓字字圣贤忠恕之旨，诚为不谬。张长人推为万石家风，又谓如武公之抑戒，亦非谀词。考公之立朝鲠亮，屏绝私交，培元气而恤民隐，因时救弊，言言恳切。惜遭一贯之忌，未得竟其用，且受一贯之挤陷，几蹈不测，而卒获安全，实赖其心之忠而行之正。

诚所谓胆大心小，智圆行方者，以其所得训其子，非止责善于其子也。前书乃在朝之日，故谆谆以盛满为戒，后书在归里之时，何尚隐隐密密若此，心事微矣。是书虽仅数则，而立身制行居乡处世之道，已该可与《颜氏家训》并垂不朽。药洲中丞得而装池付之，令嗣伯恭学士出以示余，因缀言简末，并令儿辈各录一通，以自励耳。

为常圣基书册毕跋后

余少喜临书而腕力不加，自游宦后，又无能专力于此。赵文敏云："昔人得古刻数行，专心学之，便可名世。"诚以古人用笔结构之法，必时时玩味熟习于胸，则作字庶不离乎规矩之中，而神明于规矩之外。余心本不专而欲字好，是欲饱而不知食，岂可得哉？圣基明府出素册索书，几无以应，闲中抽案头石刻数种，刻意临之，非敢妄谓临池，意欲玩味昔人用笔之势与作字之法，约略仿其形似，下笔不敢草率耳。程子所谓即此是学，此亦闲中之自课也。缘案牍纠纷，时作时止，阅两月始竟，此册终以腕弱手生，弥滋自愧，附记数语于此。

书鞠未峰编修重修宁夏惠农渠碑记并题跋后

黄河之水自入中原，奔腾汹涌，莫之能御，其患在江南、河南为独甚。惟宁夏一郡引之灌田，资以为利。余曩在甘肃驻兰州，每于守令及曾履其地者讯之，得悉其地有汉、唐、大清、惠农四渠为之干，又有支渠数百道分其流。其制于渠口各建闸，每岁清明后，集工挑其淤，立夏日，开闸导水以次溉田，工则计亩出。夫水则按日输灌，设水利同知一人专司其事，而守令尉佐等官皆有分理之责。又有宁夏道为之统率，修理依制，启闭以时，灌溉以均，而强梁有禁法，至善也。甘肃地处西北，山高土瘠，他郡岁苦旱多俭年，独宁夏一郡称为沃壤，频书大有实赖此河渠之利。余在甘前后五载，深为其民喜而叹前人之为，是渠者利济真无穷也。惜未得亲至其地，一观支分派别之井然耳。今读是记，纲举目张、条分理晰，如引我于宁夏之区，而河渠宛然在目矣。大经济、大文章当与贾生治安之策并读，不仅在文字之富丽而已。然文之气势雄浑，实有不可掩者，盖先生家传史记，受之庭训，故其得力也多。至题后勤勤恳恳，以托空言绍先之为虚，又虑气衰年老，恐第空言亦万不能绍先也。其孝思为何如？而其志为何如邪？

书杨椒山先生手书两疏稿后

余昔陈臬甘肃，过狄道见州城南北数十里，引洮水灌园圃，沟洫井井，甘省地高，岁多苦旱，此独无虞。时金子光斗牧是州，余接而询之，知为先生所疏凿，并言州治南有超然书院，亦先生所创建。岁久倾圮，捐赀重葺之，已落成，乞余为之记。余兼访之绅士耆老，又言先生开煤窑以利民用，去浮粮清积弊以苏民困，并置地书院中，为诸生膏火，而冠婚丧祭及岁时荒歉，皆量贫富以为补助，诸善政啧啧不已，二百余年咸称为杨夫子，余并载记中，金子勒之于石。今读先生文集，知书院中置地有二千亩，惜当日未得清理，其有无侵隐为憾耳。先生在狄道仅期年，所为已若此，推之天下，俾得大展谟猷，其利物济人当更何如邪？先生之忠烈，夫人而知之，是卷之手迹，历久而犹存，自有神物呵护，余不必再赘一词。惟是先生之才猷经济，随所处而必有所措施，其见于狄道者已如此，恐或未之知，而仅目为直戆之士耳。因观是卷而敬识之。

临褚河南书圣教序述圣记二帖毕书后

嘉庆元年正月五日，入千叟宴退归，阅王兰泉少司寇所赠贻褚本《圣教序》及《述圣记》二帖，前序结体清挺，后记稍肥。要其笔力遒劲，风神俊逸，皆由隶法出，不取姿媚也。杜工部谓："书贵瘦硬方通神。"东坡不之凭，而以飞燕玉环况之，此论固是。然结字须先有笔，笔力足则间架定，再加玩味古法，妙为运用，以求其神采。庶无柔弱之态，而骨月停匀矣。瘦硬方通神之语，未可尽非。因取是日赐砚磨墨临之，时作时止，五日乃毕。仅仅规其形似而已，以老叟而方学，进步不免令余自笑余也。

刊小儿语成书后

《小儿语》乃吾乡吕新吾先生与其先公撰而续之者。先文良公取其谐声达情，愚妇孩提咸易得解。为士君子端身轨，宜民物之先资，与幼仪小学同有功于世道人心，故为之序。（季堂）卒读之而益知是语之不可忽也。每见孩童之初入塾也，父兄先生多令其读《三字经》《百家姓》《千字文》，取其三四字为句，小儿易于上口，便于诵记也。然无益于身心，不若是语言浅而义明，义严而理正，四字六字亦甚易诵易记。童而习之，熟记于口头胸臆之间，一言一动皆有劝诫，必能束身而无失行，自可渐入于道。《易》曰："蒙以养正，圣功也。"此语即蒙以养正之道也。因跋而刻之，以广其传，冀孩提咸由此而成人耳。

引

募修光山泼陂河大石桥引

自阴阳既判以后，天下事务莫不有两，至于择所趋赴，为人之能善与恶，其概也。其本既端，其用随异，其征应亦因而互异，无相贷也，无相夺也。亦如水无就燥之才，火无流湿之理，薰莸之气味，各不相袭。由其体之一定，遂致其用之顿殊耳。诚能审去就定从违，择其至是至当、尽美尽善者，而主一无适。故厥后之，征验，当亦较然迥别。《书》曰："作善降之百祥，作不善降之百殃。"非其熟察乎，彼此异量之，由与体用相因之，故奚为辞之决且断焉，有若此哉？孔子传《易》亦尝言之曰："积善之家，必有余庆；积不善之家，必有余殃。"斯其大旨与《尚书》略同，至其遗教则更有进焉。

盖天下固有作善而不遽降祥，作不善而不遽降殃者矣，何也？此一二端之善不善，而非其积焉者也。故不曰作而曰积，然亦有久弥岁月更历事端，可云积矣。犹未见有降祥降殃之殊，何也？此一人之积，非一家之积也。夫一人之善不善，不敌一家之善不善，亦明甚矣，故曰积善之家，积不善之家。然固有一家之人，其善均也，其不善亦均也，仍未见有降祥降殃，何也？语云不在其身，则在其子孙。所由曰必有余庆，必有余殃也。夫人之为器也，器小而工俭，则易为而速成器；巨而工繁，则难为而缓就，造物之于时也，以明暗分昼夜，止一日之事耳；以寒暖分冬夏，非需之一岁。则不能骤及鬼神之协赞于人，愈远则其报愈长，此固其势之不克，遽臻而理之，不可诬者矣。

光邑之南，泼陂河北，旧有大石桥一座，其修九空，实为七省通衢。此正帝君所云“千万人来往之桥”也。建自明季，由来已久，雍正五年秋，为龙水冲决，遂至倾圮，往来商贾彷徨瞻顾，徒叹望洋，知非一手一足一石一木所能修复。此正乐善不倦者，宜作宜积之秋。考圣人易书之文，征太上感应之论，稽帝君阴骘之说，于斯而作于斯，而积余庆之说，先圣所言谅不予欺也。至若仁慈恺悌，裕于天性，视天下之大，一物不获其所，莫不引为已耻。此又胞民与物民，溺已溺民，饥己饥之，大人无所为而为之，而所性之太和，充牣洋溢，固不待降祥降殃、余庆余殃之说，鼓舞而歆动之也。爰因邑人之请，而弁言于首。

募修普济堂老妇院引

施仁发政，茕独在所，必先授帛，行糜迟暮，尤期共养，顾零丁莫恃，彼四民同处其艰而衰老无依。在匹妇弥穷于告，悯龙钟之晚景，力炊爨以无能，嗟枯朽之余年，任缝纫而已。瘁地非桑梓，谁分孤雁？以一枝时凛冰霜，孰润枯鳞于勺水，不有别室奚以栖身。广宁门外普济堂，上栋下宇式，近皇州乐土之安。暑雨祁寒，仰沾盛代滂流之惠。祥和普衍，规制已周第广聚。夫苍黎尚有遗于嫠妇，闻风而至，每裹足而空回，启户以留，苦分堂之无地，若不别开广厦，未免泣且向隅。某等睹兹有众，每触目以酸心，悯厥无家，辄有怀于援手，惟是经营非易，需费良多，举必众擎效难独奏。敢敬陈夫短引，用广结夫慈缘见义必为输兼金者，功同布地，当仁不让，施寸瓦者，数可聚沙，但使有尺土能安其身，庶几无一妇不得其所从，知人歌安宅，乃尽消鳏寡孤独之悲，惟期聚有福田，益以广饘粥缯棉之助同声，斯应有志必成。

启

乞刘石庵书杨忠愍易像祠记启

《椒山先生易像祠记》，文虽不典，事则可征。前就政承许可，并荷慨允书石，具见推崇忠节之意。今排写式样及空格一纸，祈大笔公余，一挥掷下，选高手钩勒上石，则椒山先生之经济，石庵先生之书法，当称二绝。而云坡得厕其间，或亦藉赖不朽矣！古帝王在位六十年者，甚罕。此事此记，总在乙卯之前，似应书乾隆六十年，以见吾皇居位之久，吾辈皆老臣，亦盛事也。古人有精婢润笔之事，石庵年近八旬，恐不耐此。少年絮聒，当以美馔代之，似觉有益而无损雅意，以为何如？谨启。

上高中堂启

顷于抚宪座间，得悉大世台大人，奉命带领西安满兵前往川省进剿，并敬悉中堂大人以世受国恩，深以未能亲履行阵，子弟中亦无一人出力军前，时怀转侧，今幸派大世台出兵，稍慰素衷。仰见中堂大人，公忠体国，惟以勤劳王事为喜，不以爱子而少惜其行。钦佩之忱，实难言喻。伏思金川，以小丑跳梁已堪发指，乃近者接阅邸抄，胆敢大肆猖獗，夺我粮饷，损我大臣，犯顺逆天，神人共愤。凡为臣子者，莫不思寝食其皮肉，而歼决其丑类。

今皇上派发京兵，选将督师，谅此弹丸逆虏，何能抗顺而逃天讨？不日，犁庭埽穴，定有捷音，伫见大世台勋建非常，功垂不朽，抒九重之睿虑，受五等之殊封，益显德门有庆，而世济忠贞矣。翘首铃辕，曷胜额祷。

致友人小启

小感初起，理当大嚼，谨备粗肴二种，固鹅一双，磁糕二块，未必适口，或可果腹耳，希哂存。承赐龟变石砚，古少见，必需著其原委，斯可传。今送上，即恳记数语，俾得镌入背面较之，仅刻吾二人别字，更见雅驯，且龟之灵变，亦不泯矣。面傍有小篆，“新月临云”四字，不知谁氏所作，并恳鉴之。

复光山县尊启

寒家七世单传，内无期功强近之亲，先茔在籍，看管无人。弟从前出外时，虽曾属付亲友暨近坟佃户等代为照应，奈亲友住居远隔，不能时至其地。佃户等又以业非自有，不免肤泛视之，年来被人作践，已非一日，而弟未之亲见。昨闻舍亲及家奴等言之，痛心疾首，刻难自安，是以急急拮据，将前售之田取赎，冀可资佃户之少为照料耳。昔郭汾阳先茔被掘，辄引为督兵，时不能禁戢士卒之咎。见道之言实为可法，今茔树被窃，自是弟行事多咎，奉职无状之所致。自谋不臧，安可累及乡党，益深罪戾。老父台谆谆以宵小不能敛迹为言，具见靖匪安良之至意，回环申诵，感愧交深，惟祈稍宽地保之罪，以减弟波及无辜之孽。幸甚，祷甚！

复蔡瞻亭启

至好弟兄多年，暌隔末由一晤，驰企为劳，春间接手书，知前藉叶毅庵所寄一函，已登记室。惟以贵恙，未即报可如，嫂又复谢世，想索居之际，定有难为情者。人生修短有数，要惟善自排遣，勿过悯悼，致伤病体也。望甚，祷甚！

弟量移南来，又逾两载，任察吏安民之责，无移风易俗之能，绠短汲深，时虞蚊负。窃念廿余年，奔走风尘，虽阅历不为不久，而学识毫无增益，乃蒙阁下许以学，与年长识与位进，殷殷以经济作用相期。感雅爱之非常，深寸衷之惭赧。至于持身涉世，虽志秉真诚，而动多疏漏，求所谓体用兼该，方圆俱适，则益谢不敏矣。来谕以心太热而用，或不足一言中肯，洞鉴生平。弟惟有铭之座间奉为宝训，随时随事勉以未能，以期无负挚爱相规之至意耳。弟少失怙恃，育于嫂氏，去夏奏请貤封，仰蒙俞允，已感格外天恩。旋于去冬，又奉特旨征取先君遗籍，仰蒙圣旨许以“究心理学”，素所深知，叠奉恩荣，没存均感，诚不知作何淬厉，始能报国承家？想知已定有以教我也。

李杏浦前者因公镌级，并非夺职，已于年前捐复，补授通参，日前又擢奉天府丞。去冬令嗣大侄至苏，询知近况，虽困而日用尚可撑持。缘杏浦素能筹策，所以不至拮据也。兹因令侄旋里之便，肃此布候近祺。附呈织锦蟒缎袄裙二件，近刻四种各二十本、墓表二册，统祈清照。不宣。

男镂校刊

孙仁益正字

培荫轩杂记

目　录

一[1]

《唐鉴》载太宗言："取之或可以逆得，而守之不可以不顺。"范祖禹谓太宗失言，而以汤武为比。祖禹据理自属正论，然未为全得。汤武遇桀纣之君，兴吊民伐罪之师，一出而罪人灭万民生，此真应天顺人，后世尚有逆取之论。若太宗值炀帝之暴虐，比于桀纣，而征伐百倍其劳。虽其时奸雄僭窃者多事，势与三代不同。要之，汤武本以伐罪救民为事，初无化家为国之心，而天下归心，推为共主，故居位全以安民为务，而无一毫乐乎。为君之事至太宗，名虽吊民伐罪，时亦应天顺人，而心则有所利焉，岂可与汤武并论乎？其取之，或可逆得之言，自是有歉于中，而未敢自信同符汤武。故亟言守之，不可不顺也。此正太宗英略过人，直言不讳，观过可知仁矣，故能成贞观之政，不可谓为失也。若宋、齐、梁、陈递相篡夺之主，必假应天顺人之名焉，肯自言逆得邪？

二

《唐鉴》帝幸洛阳，官吏以阙储偫被遣，魏徵谏曰："以储偫遣官，臣恐承风相煽，异日民不聊生，非行幸之意。昔炀帝讽郡县献食，视丰俭为赏罚，故海内叛，奈何效之乎？"帝惊曰："非公不闻此言。"因谓长孙无忌曰："朕昔过此，买饭而食，僦屋而宿，今供顿如此，岂得犹嫌不足乎？"非魏徵不能如此直谏，非太宗

1　"一"字样为编者所加，以下序数同例。

不能如此自省，贞观之治有由然矣。祖禹称之为贤，自不待论，书云："后从谏则圣。"即此事而谓之圣，亦可。

三

《唐鉴》高力士承明皇，"夫复何忧"之言。对曰："臣闻云南数丧兵，又边将拥兵太盛，陛下何以制之？臣恐一旦祸发，不可复救，何谓无忧？"又淫雨不止，明皇令其尽言，对曰："自陛下以权假宰相，赏罚无章，阴阳失度。"此数言皆切中当时之弊，彼时在朝，诸臣竟未有若是言之者，诚祖禹所谓立朝者皆小人也。若力士之对君敢于直言，不可谓之非忠。第出于宦官之口，贻一时士大夫之羞，故祖禹不甚予之，不知士大夫之不言，是士大夫之无耻无良，而力士之不忍默然。究其良心未泯，不以人废言可也。

四

唐路岩为相，密奏臣下，有罪赐死皆令剔取结喉三寸，以验其实，后岩自罹其酷。又，宋卢多逊贬朱崖，李符言于赵韩王曰："朱崖虽在海外，水土无他恶，贬者多生全。春州在内地而近，至者必毙，望改前命。以外示宽贷，乃置必死之地。"赵颔之，月余，符坐事贬宜州，上怒未已，贬岭外。赵具述其事，即以符知春州，到郡月余而卒。天道好还，其速如是，此《清波杂志》所记也。此正出尔反尔之道，考史传似此者甚多，皆缘以苛毒猜忌之心，假公以济其私，不知国有常法焉，顾天理邪？然终莫能逃于天纲也。君子有三畏，小人则无忌惮，此君子益宜自慎，小人不识亦知鉴否？

五

予尝谓唐之后妃、公主多淫乱，皆由太宗杀其弟巢剌王，纳其妃杨氏，有以肇之。贻谋之不正，安望子孙之克守礼法邪？今观《清波杂志》，亦言太宗宠杨氏，欲立为后，得魏郑公谏而止。谓太宗不能正之于始，其后高宗武后，明皇杨妃，固传家法不以为恶耳。与予意正合，可见义理之公，人心皆同也。

六

吾乡旧传司马温公父为光山令，生温公以邑名名之，至今邑郭外湾湖有司马衣冠墓，又书院名涑水，所以志德政，景先贤也。考之史传，温公父池虽为光山令，不载命名之说，意谓或因温公之名，以附会之耳。今观《清波杂志》，载温公父待制公守，浮光日生温公，故名取辉耀之义。《杂志》宋周煇著，宋人记宋事，必有所据。然后知传闻之有自，而阅书未广，不可臆断也。

七

予少时曾见书启后，有书敬空二字者，未解所以。偶阅《梦溪补笔谈》云:“前世卑者致书于所尊，尊者但批纸尾答之，曰‘反’。故多作敬空字，自谓不敢抗敌，但空纸尾以待批反耳。”乃知为卑者敬尊之意。近日书启后有空纸处，非书庆余即庆长，而敬空字久不见，即尊者亦不批纸尾而反矣。此亦古道日沦之一事也。

八

《田居乙记》载，楚人伏兵车，执宋公以伐宋，公子目夷设守械而守国。楚人谓宋人曰：“子不与我国，吾将杀子君矣。”宋人应之曰：“吾赖社稷之神灵，吾国已有君矣。”楚人知虽杀宋公，犹不得宋国，于是释宋公。宋公释乎，执走之卫，公子目夷复曰：“国为君守之，君曷为不入？”然后逆襄公归。此与明英宗被虏，于忠肃立景泰事相类。于公追本乎此，景泰不知学公子目夷不臣不君，致使于公被戮，可叹亦可恨也。

九

《田居乙记》田常弑简公，乃盟于国人曰：“不盟者死。”及家，石他曰："古之事君者，死其君之事。舍君以全亲，非忠也；舍亲以死君之事，非孝也。他则不能。然不盟，是杀吾亲也，从人而盟，是背吾君也。呜呼！生乱世，不得正行，劫乎暴人，不得全义，悲夫！"乃进盟，以免父母，退伏剑，死其君子。闻之者曰："君子哉！安之命矣！"诗曰："人亦有言，进退维谷。"石先生之谓也。此与辽西太守赵苞遇鲜卑挟其母以要降之事相近，降则失城，不忠；不降则母必死，不孝。正进退维谷之时，苞竟不降，进兵与战，而母被杀，鲜卑退而城全，苞呕血死。此似不若石他之能免其母于孝，诚有亏。然能以完守城池，不失为忠，亦大义灭亲，无可如何，只有一死以报母耳。程子斥其非固是，但不知当其时有何法而可两全也。若身往降之，则既为叛臣，不惟不忠，且亦不能逃斧钺之诛，而并陷其母矣。

十

《田居乙记》崔暹言文襄宜亲重邢邵，邵不知。顾时毁暹，文襄不悦，谓暹曰："卿说子才长，子才专言卿短，此痴人耳。"暹曰："子才言暹短，暹说子才长，皆是实事，不为痴也。"此与王文正公荐寇莱公，寇数短文正之事同，其对君之言，崔质实而王得作相之体。

十　一

《顾丰堂漫书》载，明王振用事作新第，周文襄忱度其斋阁，使松江作剪绒罽遗之，覆地不失尺寸，振喜，以为有才，凡事皆从中赞之。宋秦桧格天阁成，郑仲为蜀宣抚，遗锦地衣一铺，桧命铺阁上，无尺寸差，桧不乐，竟罪之。二事相类，而一喜一罪，谓为心术之不同。予案王振之奸属阳分，所谓小人而易悦者也；秦桧之奸则恐人窥测其隐微，更为阴险矣。考《明史》文襄生平，颇著经济，无败行，此举为何？或因王振擅权，不买其心必多阻挠，于政事无益，不妨权且降志，以为明哲保身之计，尚非取悦干进邪？如此是出之公心，故终始无他，殆吉人邀天相也。若郑仲必有阿附求进之心，属之私，故得罪。此二事不独见两奸之心术不同，亦可见二人之用心各异，并可以见天道之鉴，察人心之公私，毫发不爽耳。

十　二

《扪虱新语》："《兰亭序》岂非佳作？然天高气朗，不合时景；丝竹管弦，语又重复，故不得入《文选》。乃知文章之病，古人不免也。"考《兰亭序》，只云天朗气清，非天高气朗。天高气朗自非春景，若天朗气清，予每见春日大雨沾足后，多清朗之象，特非常有耳。焉知右军作序日，非正值其时？观"是日也"三字，可见天朗气清专指是日，非概言暮春也。不然，右军岂不知秋天高朗，而用之春日乎？不可言不合时景。至“丝竹管弦”出《汉书·张禹传》，《芥隐笔记》已讥笑其未知班孟坚之词，则右军用成文，亦非杜撰。失之重复，是序不入《文选》，或昭明偶尔遗之。抑或别有所见，不可执此为不选之故而病之也。

十　三

张华伐燕王墓前华表木照班貍事，《续齐谐记》与《搜神记》所载略同。《搜神记》作燕惠王墓，《续齐谐》作燕昭王墓。《搜神》是晋干宝记，《续齐谐》是梁吴均著。吴岂未见《搜神记》邪？梁后晋百余年，事真则当从干，吴记为剿袭不足取，否则并其书，不足信矣。

十　四

《西京杂记》传介子年十四，好学书，尝弃觚而叹曰：“大丈夫当立功绝域，何能坐事散儒！”后卒斩匈奴使者，还拜中郎，复斩楼兰王首，封义阳侯。此事与班超投笔事相类，两人皆立功边外，同封侯爵。班事人艳称之，传介子事不知者多矣。

十　五

长安有庆虬之善为赋，尝为《清思赋》，时人不之贵也。乃托以相如所作，遂大见重于世。事见《西京杂记》，是文以人重，而无定评矣。世之以耳为目，大率如此。

十　六

许博昌，安陵人，善陆博，作《太博经》一篇，见《西京杂记》。世间善博者多云《赌经》，亦有所自。

十　七

西海之外有鹄国焉，男女皆长七寸，为人自然有礼，好经纶拜跪。其人皆寿三百岁，其行如飞，日行千里，百物不敢犯，惟畏海鹄，过辄吞之，亦寿三百岁，此人在鹄腹中不死，而鹄一举千里。此《神异经》所载，与任昉《述异记》同，但此详而彼略，此前而彼后，非昉剿袭其说而述其略，即后人捃摭其事，而附会之耳。

十八

《述异记》载，苻坚既为姚苌杀于新平佛寺中，后寺主摩呵兰常梦坚曰："可为吾作宫。"既而，寺左右民家死疫相继，巫者常见坚怒曰："吾不宫，将尽杀。"新平民因共改寺为庙，遂无复灾疾。每年正月二日，民竟祀以太牢，新平寺今符家神也。案：坚能识王猛而尊用之，其过桓温远矣。虽不听猛之言，无故伐晋为谢元所破，投鞭断流之语，所谓骄兵必败。然迹其生平，亦雄略盖世，何至身后欲据一寺为宫，不得，遂加疾疫邪？如果能为疫以灾及居民，何不作厉以殃逆臣姚苌乎？此必有邪祟假托之，未可以厚诬坚。

十九

《述异记》载，东阳郡永康县，吴时有人入山逢大龟，担之。未至家，遇夜缆舟于岸，见老桑呼龟曰："元绪，汝当死矣！"龟呼桑树曰："子明，无苦也。虽然尽南山之樵，不能溃我。"对曰："诸葛恪明敏，祸必及于予。"明日，其人将龟献吴王，命煮之，三日三夜不死，遂问诸葛恪。恪曰："此龟有精，须得多载老桑为薪煮之，立烂。"遂命老桑斫之为薪，既然即烂。此与《搜神记》载燕王墓前华表木精见二狸往谒张华事相类。其曰："张司空之才，难可比也。若去，非但丧汝二躯，我亦遭累。"与此云"诸葛恪明敏，祸必及于予”之语略同，是皆老木成精，均有先见之明，而卒不能免，可知命数自有天定。而龟狸不知安分恃才，仗坚致于杀身并累他物，即千岁之精灵，亦可为鉴矣。第干宝《搜神》以晋人记晋事，任昉以梁人述三国时事，其传闻之真伪，当有辨矣。

二　十

《文中子·中说》贾琼问：“何以息谤？”曰：“无辨。”“何以止怨？”曰：“无争。”此合于子贡问“一言而可以终身行之”，子曰“其恕乎”之旨，而推之于应变。琼又问群居之道，曰：“同不害正，异不伤物。”此即孔子群而不党，周而不比，和而不流之意，其语说得著明，人易理会，可谓善广圣教，不诡于正者矣。

二十一

予曩与亡友叶文敏论牛李之党，李为君子，牛为小人，勿论两人本末，即视其所与之友可知，文敏不甚以为然。适观眉山《唐庚集·寄郭潜夫》诗云：“黔江清且碧，泸江浊而红。须臾尽变浊，混混颜色同。清固不胜浊，此理天下通。君视开成间，牛李争长雄。卒之赞皇老，不胜太牢公。物理自古然，徘徊叹无穷。”因忆吾前之持论非谬，而文敏或别有见，未必然也。叶石林云李德裕是唐中世第一流人物，可与姚崇并立，而不至为崇之权谲，使武宗之才如明皇之初，则开元不难致良然。

二十二

陆文定公树声《长水日抄》云："淄川杨宏道著《六忍》，一曰忍触，触者，人犯我也；二曰忍辱，辱者，人陵我也；三曰忍恶，恶者，我憎人也；四曰忍怒，怒则憎之重也；五曰忍忽，忽则憎而发之轻也；六曰忍欲，欲者贪而不知止也。"

二十三

《庄子·渔父篇》"所谓四患者：好经大事，变更易常，以挂功名，谓之叨；专知擅事，侵人自用，谓之贪；见过不更，闻谏愈甚，谓之很；人同于己则可，不同于己，虽善不善，谓之矜。"数语，王安石赞也。予以为更胜老泉《辨奸论》。

二十四

白乐天作《六帖》，本当时科举之书《通典》载唐制，帖经者以所习经掩其两端，中间微开一行，裁纸为帖。凡帖三字，随时增损，可否不一，或得四、得五、得六者为通，盖取中帖之数，以名其书，故曰《六帖》。

二十五

热泉水有汤温之别，其名称即随之。昌平有汤泉，亦有温泉，俱近汤山。山以汤名，因其水也。温泉甚微细，故不著。若骊山之温泉，见之记传，予曾两过其地而两浴焉。其水较昌平之温泉微热，较汤泉则热大逊，故专以温泉名也。此外如江宁之汤水，吾乡商城之汤羹池，都与昌平之汤泉同为极热，非和以冷水不可沐，故皆以汤称。是知此泉，各因其温热著名，不可概目之为汤。偶阅《陆友记》云“天下汤泉知名者”七列骊山其中，他则吾不知。若骊山之温泉确乎非汤，陆记失考矣。至李太仆云“温泉有朱砂、硫磺、乳石三种”，此语诚然。予所经有硫气者，亦有无硫气者，第水之光赤流白，则未之见耳。然亦不可专系之温泉。

二十六

凌车见沈括《梦溪笔谈》，今谓之冰床。又庆历中有毕昇为活字板，用胶泥烧成，亦见笔谈，今用木刻字，铜板合之。

二十七

唐杨惠之变画为塐，惠之开元间人。

二十八

国子监博士孔尚任，字东塘，曲阜圣裔。得汉建初铜尺，因作《汉铜尺记》《周尺考》《周尺辨》，三篇极精，核定曰：“建初铜尺与周尺同，当古尺一尺三寸六分，当汉末尺八寸，与唐开元尺同，当宋省尺七寸五分，当宋浙尺八寸四分，当明部定官尺七寸五分，弱当今工匠尺七寸四分，当今裁尺六寸七分，当今量地官尺六寸六分，当今河北大布尺四寸七分。”

二十九

吏礼二部、翰林院、国子监土地皆祀韩文公，或诘其故，王渔洋先生答云：“以其为吏部侍郎，国子监祭酒赠礼部尚书也，此三处祀之，宜矣。其祀翰林院则无说，自因重其‘文起八代之衰’耳。”

三十

明初大臣，子孙恩荫多出常格之外。如刘基子璟，荫阁门使；胡广子穜，荫翰林检讨；刘儁子承裕，以父死事安南，荫给事中。

三十一

张偶姐，亳州乡贡生张庆次女也。幼许字吴氏子禧，值痼病，未及娶而卒。偶姐时年二十六，闻之即自经以殉，父母觉而救之，已弗及。得其遗书一纸，其略云："不料他死矣！我与父亲说，恐怕他来又寻人家，那事我断不为，不如我一死之，实为好也。父亲件件心放宽，千万不要想我，父亲年老，禁不得了。我母亲只生姐姐与我二女，今日我去了，只剩姐姐一女，求父亲看母亲之面，加意待他。再求马姐与念弟不要忘了我与姐姐二人。一年用轿接姐姐两回，父亲千万不要想我。天地间无百年不死之人，我今去矣，真大乐也。"所谓马姐，系其庶母；念弟，乃马氏所生之子。噫！氏一女子耳，粗通文翰，观其书中念念不忘父母，连称真大乐也以毕命，其至性实大过人，想其含笑九泉，可谓从一而终，从容就义者矣。虽死而吾谓其未死也。

三十二

予司臬苏州有三友，一萧山倪君晴皋，一华亭沈君珠南，一山阴岑君云泉。无何珠南病故，晴皋亦以疾归。云泉为延倪晓绿，晓绿亦山阴人，乃云泉之内弟也。夏日偶暇，云泉出其所题内人课子图诗，阅毕，晓绿云："此图我当题之，惜少姊弟，故典可用耳。"盖以其姊善诗文，而自不及也。予应之曰："何不曰：'投笔自惭班定远，吟诗还逊谢夫人。’”云泉、晓绿皆叹为典切，平瑶海太史、陈月泉学博、顾星桥孝廉闻之，皆记其事。

三十三

予请貤封兄嫂，蒙恩俞允，紫阳书院肄业诸生，皆赋诗颂之。各体俱备，得若千首，汇录一册，将授之剞劂。时蒋心余太史主广陵，安定讲席，寄与论定，独取七言一律，评以不俗。此诗乃星桥孝廉捉刀之作，心余可谓有具眼者，而星桥廿年诗句满江南，亦所谓有其实者，收其名也。

三十四

宫詹彭芸楣学使，以予陈请貤封兄嫂事，为近来一大好题，寄赠五古一章，用典甚博。内有“龙牵事阘㻏”句，出自《文选》。任昉《奏弹刘整》文，阘㻏即阘茸，㻏乃古体字。任文首曰“闾阎阘㻏”，而前叙范诣台诉内，二月九日夜，婢采音偷车轮[1]、夹杖、龙牵之事。案：《南齐书·舆服志》：“四望。油幢络车，王公加礼者之为常乘，须三望。平乘车，三公诸王所乘。竹箕子壁仰，榄榆为轮，通幰，竿刺代栋梁，柚棂直形龙牵，金涂支子花纽，辕头稍沓伏神承泥。庶人亦龙，但不通幰。”诗用龙牵事本此。

1 轮，疑为“栏”字之误。

三 十 五

孙西林廉使自述其观察宁绍台时，奉其太翁之任。一日，太翁偕亲友数辈诣杭，泛棹西湖，拟访龙井，于僻处舍舟登岸，与亲友分投寻胜，家奴亦莫之从。信步行约十数里，至一旷野，四面云山，颇极幽邃，惟乱坟交杂，绝无人迹。虽步履不知其倦，而渴欲思饮，忽见乱坟中有草舍数间，编竹为篱，甚雅静。乃叩门索茶，呼之数四，一奚童出，年可十五六，告以故。童入携一椅出，与之坐，旋又掇茶与饮，绝无留让意。问其家世，但云："主人出未归家，惟主母。"问其姓名，则不答。视其门署一联云："两口居山水之间，妻太聪明夫太怪；四面皆幽冥之境，人何寥落鬼何多。"奇其语，因默识之。奚童接茶盏入，亦不复出矣。初不觉异，遂返，而之龙井会亲友偕归寓，述之，咸以为怪。太翁亦始异焉。拟再访，因不记其地，旋又之任江苏，遂未能再至其处，告之廉使留心焉。廉使口述者如此，予谓此狐也。惜不知其地，而莫能一问耳。廉使名含中，西林其号，癸未进士改庶吉士，补主事转员外郎，出授观察迁陕西按察使。

男鏻校刊

孙仁益正字